朝鮮森林植物篇

中井猛之進著

槭 樹 科　ACERACEAE

樺 木 科　BETULACEAE

殻 斗 科　FAGACEAE

（1～3輯収録）

第 1 巻

한반도는 자원식물의 보고

吳 秉 勳(한국식물연구회 회장)

북반구에 위치한 우리나라는 남북으로 길게 뻗어 있어 식물자원이 풍부한 편이다. 제주도를 비롯한 남부 도서지방은 상록활엽수가 자라는 난대림 지대이고, 중부지방은 온대 낙엽활엽수림이며 북쪽 백두산 지역은 아한대 침엽수림 지역이다. 따라서 단위 면적당 수많은 식물 종을 확보하고 있는 생태계의 보고라 할만하다.

일찍이 한반도 식물을 연구한 식물학자는 여럿이지만 일본 동경대학의 나카이(中井猛之進) 교수만큼 폭넓게, 또한 깊이 연구한 학자는 없을 것이다. 그는 1915년부터 36년까지 25년에 걸쳐 한반도 전역을 대상으로 식물자원을 조사했다. 그 결과물의 일부를 《조선삼림식물(朝鮮森林植物)》이란 이름으로 묶어냈다. 해마다 한두 권씩 펴내 모두 22집으로 마감했는데 그 결과 목본식물만 해도 55과 182속 550종에 이른다.

한반도에 자생하는 목본을 중심으로 임상상태, 생태적 특성, 분포지를 상세하게 기술했다. 나카이 교수는 이 연구를 수행할 당시 일본군 소대 병력의 호위를 받았으며 조선인 노무자와 식량과 화물을 실어 나르는 소와 말까지 동원했다고 한다. 나카이는 당시 일본의 식민지였던 조선 반도 전역의 식물자원을 철저하게 파헤쳐 나갔다. 한반도에서 자생하는 한국특산식물 대부분은 그가 명명 발표한 것들이어서 학명 뒤에 나카이(Nakai)라는 이름이 붙어 있다.

나카이가 한반도 식물과 인연을 맺게 된 것은 초대 일본공사를 지낸 하나부사야(花房義質)를 만나면서부터이다. 하나부사야는 한일합방을 주도한 후 한반도의 자원 수탈을 목적으로 나카이를 서울로 초대했다. 그리고 조선 총독부 촉탁교수로 임명하고 삼림 자원에 대한 자문을 받았다. 하나부사야의 전폭적인 지원을 받은 나카이는 힘들이

지 않고 한반도 식물을 조사 연구할 수 있었다. 그 결과를 갖고 1909년에는 《조선의 식물상(朝鮮の 植物狀 Korean Flora)》이란 논문으로 석사학위를 받았다. 이어 1911년에는 한반도 삼림식물을 조사 연구하여 동경대학에서 박사학위를 받았다.

식물학자마다 조금씩 다르긴 해도 대체로 한국을 대표할만한 나무로 구상나무를 꼽고 초본류는 금강초롱이라고 말한다. 금강초롱은 일본인 학자 우치야마(T. Uchiyama)가 금강산에서 처음 채집하였는데, 나카이는 이 식물을 새로운 속으로 보고 하나부사야(Hanabusaya)라는 속명(屬名)을 붙여 주었다. 이렇게 하여 나카이는 자신에게 한반도 식물을 연구할 수 있도록 해 준 하나부사야에게 고마운 마음을 표할 수 있었다.

처음 조사의 목적이 식민지 내의 자원수탈에 있었지만 그의 학문적 업적을 모른 채 할 수는 없다. 그가 명명한 식물 중에는 개느삼, 만리화, 미선나무, 섬오갈피, 수수꽃다리, 개비자나무 등 수십 가지나 된다. 1977년에 펴낸 《조선삼림식물편(朝鮮森林植物編)》은 먼저 펴낸 《조선삼림식물(朝鮮森林植物)》을 2~3집씩 합본 형태로 묶은 책으로 본문 9권과 색인 1권을 포함 모두 10권으로 된 전집이다.

한반도는 아시아 대륙 온대의 동쪽 끝에 위치해 있다. 중국과 일본구계의 동북방 한편을 차지하고 있는 중요한 지역이다. 조선삼림식물편은 중국 동북지방과 러시아의 연해주 지방, 아시아 대륙 동북단 지역 식물연구에 있어 귀중한 자료로 평가된다. 또한 일본열도 식물과 중국 동북지역 식물 분포 면에서 비교 동정해 볼 수 있는 명저로 손꼽는다.

더구나 한국동란 이후 남북으로 분단된 우리의 실정이고 보면 북방계식물을 연구할 수 없었다. 50년 동안이나 남한에 국한된 식물을 연구해 온 우리로서는 나머지 반인 북방계식물을 연구할 수 있는 매우 귀중한 학문적 자료이다.

더욱 놀라운 것은 당시 나카이가 이 책을 편찬할 때 문헌 사료가 거의 없는 상태에서 독자적으로 원고를 집필했다는 사실이다. 그는 이 책을 통해 한반도 식물자원을 처음으로 세상에 알렸다 해도 지나친 말이 아닐 것이다. 아시아 대륙 식물학 발전에 크게 공헌했으며 한반도 식물분류학의 토대를 마련했다. 이 책은 우리 나무의 학명(學名), 이명(異名), 일명(日名)은 물론 한글 발음을 일본 글자로 표기해 놓았다. 이를 통해 민간에서 불러온 식물 이름을 알 수 있으므로 한글 연구의 자료로 활용할 수 있다. 분포지도 한반도 전역을 대상으로 하고 있어 나무의 이름을 통해 우리말 연구의 한 장을 마련해 준 셈이다. 나카이의 영향을 받은 소장 식물학자들은 1922년 우리 자생식물 2,904종을 수록한 《조선식물명휘(朝鮮植物名彙)》를 펴낸 바 있다.

나카이는 목본식물뿐만 아니라 한반도에 자생하는 모든 식물자원을 조사했다. 조선삼림식물편은 목분류를 대상으로 엮은 책이지만 약간의 초본류를 거론하기도 했다. 그가 한반도에서 채집한 식물 표본은 대부분 동경대학에 보존돼 있다. 기준표본(基準標本) 자체가 일본에 있기 때문에 지금도 우리 학자들은 한반도 식물을 연구하기 위해 일본을 찾아야 한다.

이러한 현실이 조금 아쉽기는 하지만 나카이 교수의 학문적 업적을 인정하지 않을 수 없다. 그는 이 책의 원고를 저술할 때 표본을 앞에 두고 실물 크기로 삽화를 그렸다고 한다. 나뭇잎 하나까지도 직접 확인하면서 화가들을 독려했고 마음에 들지 않으면 몇 번이나 새로 그리게 했다고 전한다. 그래서 꽃과 잎은 물론 종자와 꼬투리 등 그 나무를 식별할 수 있는 여러 가지 정보를 펼쳐 보이고 있다. 조선삼림식물편은 우리나라 전역에 자생하는 목본식물 연구의 필독서라 할 만하다.

워낙 귀한 책이어서 그동안 국내는 물론 일본에서도 구하기 어려웠고 값도 엄청나게 비싼 편이었다. 다행하게도 이번애 새로 펴내게 되었으니 여간 다행한 일이 아니다. 이 책은 식물학을 전공하는 학생이나 연구자들에게 좋은 길잡이가 될 수 있으리라 믿어 의심치 않는다.

2006년 여름날 露嶽山房에서

復 刊 に あ た っ て

　中井猛之進博士による「朝鮮森林植物編」全22輯は，1915（大正4年）年から25年間にわたってまとめられた労作で朝鮮森林植物に関する決定版である。取りあげられている種類は55科，182属，約550種で，樹木が中心なのは当然であるが，林床の草木も若干含まれている。博士は本書の編纂に文字通りその半生を費やされ，その調査の足跡は朝鮮半島全域に及ぶ。まさに朝鮮森林植物の一大集成であるといっても過言ではない。

　言うまでもなく朝鮮半島は，アジア大陸温帯の東端に位置し，中国＝日本植物区系の東北の一角を占めるが，同時に北は中国東北（旧満洲）を経てシベリア，あるいは沿海州に通じる欧亜大陸北部の周極植物圏にも深く関わっている。日本列島の植物のかなりの部分が朝鮮半島のそれと近縁であり，中国大陸の植物とともにわが国の植物の解明のうえからも朝鮮植物の研究は不可欠のものである。

　しかし第二次大戦以降，朝鮮半島は不幸にして分裂国家となり，また度重なる戦火に禍いされて，まだ，中井博士のこの畢生の大作に続く成果をみるに至っていない。

　以上の観点から，博士のこの名著を復刊し，再び世におくることは，単にわが国の植物学研究者の渇望に応えるのみならず，世界のアジア植物研究進展にも多大の裨益を与え得るものと確信するものである。

　さらに附言するに，従来，本書を使用するうえでのひとつの難点は，索引が全くなかったことであった。科の配列が極く便宜的に行われていることもあって，この不便さは切実なものであったが，今回の再刊にあたり，学名，異名，和名，朝鮮名にわたって全巻を通じる総索引を別一巻とし，また巻別にも索引を付し利用度をさらに高めたことで復刊の意義は大となったといえよう。索引作成に携われた東京都立大学理学部牧野標本館の諸先生には心から感謝致すものである。

　最後に，このたびの刊行に当たり，深甚なるご厚意とご協力を寄せられた中井博士のご遺族中井健次郎氏ならびに博士のご縁続きの前川文夫先生に満腔の謝意を衷心より捧げるものである。

　　昭和51年1月　　　　　　　　　　　　　　　　　　　国 書 刊 行 会

朝鮮森林植物編

1輯

槭 樹 科　ACERACEAE

1

目次　Contents

槭 樹 科

ACERACEAE

第一編　槭樹科　Aceraceæ, LINDL.

大凡圖編ノ編成ヲナサント欲セバ豫メ最モ完備セル標本ヲ備フルヲ要ス。
余朝鮮植物研究ニ身ヲ委ネシ以來數年ヲ經過スレドモ未ダ各科ニ亙リテ滿
足スベキ材料ノ蒐集ヲナシ得ズ。故ニ比較的材料ノ集マリタルモノヨリ逐
次圖解スルコトトセリ。第一編ニ槭樹科ヲ撰ビシ理玆ニ存ス。

主ナル參考書類

Franchet et Savatier—Enumeratio Plantarum Japonicarum Vol. I. (1875). Vol. II. (1879).

2. Forbes et Hemsley—An enumeration of all the plants known from China proper, Formosa, Hainan, Corea, the Luchu Archipelago, and the Island of Hongkong. (1886–1888).

3. Kock. K.—Dendrologie. Teil I. (1869).

4. Koidzumi. G.—Revisio Aceracearum Japonicarum. (1912).

5. Komarov. V.—Flora Manshuriæ. Vol. II. (1904).

6. Léveillé. H.—Les Érables du Japon (1906).

7. Maximowicz—Primitiæ Floræ Amurensis. (1859).

8. Nakai. T.—Flora Koreana. Vol. I. (1909). Vol. II. (1911).

9. Palibin. J.—Conspectus Floræ Koreæ. Vol. I. (1898).

10. Pax. F.—Aceraceæ. (1902). [Engler. Das Pflanzenreich. IV. Heft. 8].

11. Regel—Tentamen Floræ Ussuriensis. (1861).

12. Schmidt. F.—Reisen in Amurlande und auf der Insel Sachalin (1868).

13. Schneider. C. K.—Illustriertes Handbuch der Laubholzkunde. Bänder II. (1907–1912).

14. Acta Horti Petropolitani. Vol. XII. (1892).

15. Engler Botanische Jahrbücher. Vol. VII. (1886). Vol. XXIX. (1907).

16. Mélanges Biologiques. Vol. II. Vol. X. Vol. XII.

17. Oesterrichische Botanische Zeitschrift. Vol. LII. (1902).

18. Sargent. Trees and Shrubs. Vol. I. (1902–1905).

19. 白澤保美著。日本森林樹木圖譜。第一編（明治三十二年版）。

科 ノ 特 徵

花ハ放散形、單性又ハ雌雄異株、花被ハ五個又ハ四個宛、稀ニ無瓣花ナリ、
花托ハ輪狀又ハ數葉ニ分岐ス、又ハ全クナシ、雄蕋ハ四個乃至十個、通例
八個、子房ノ下ヨリ生ズルカ又ハ其周邊ニアリ。雄花ニアリテハ子房ハ退
化シ小形ナルカ又ハ全クナシ、子房ハ二室、花托ハ二叉スルカ又ハ全然分
岐ス、胚珠ハ各室ニ二個宛ナリ。果實ハ翅果、裂開セズ、種子ニ胚乳ナシ、
種皮ハ膜質、子葉ハ扁平ナルカ又ハ皺曲ス。 ── 喬木又ハ灌木、芽ハ多數
ノ鱗片ニテ被ハル、葉ハ對生、葉柄アリ、托葉ナシ。 單葉(全緣又ハ掌狀)
又ハ掌狀複葉又ハ羽狀複葉ナリ。 花序ハ頂生。 總狀、岐繖狀。 複繖房狀
等アリ、花ハ葉ニ先チテ開クカ又ハ同時ニ出ヅルカ又ハ葉出デテ後ニ開ク。
其ノ色ハ黃綠、黃、紅、紫紅等アリ、 世界ニ二屬百二十種許アリ、 支那最
モ其ノ種ニ富ミ日本內地、 朝鮮之レニ次グ、 往古第三紀層中ニ旣ニ多數ノ
化石ヲ見ル。

槭 樹 屬

Acer, Tournefort [Institutio Rei Herbariæ (1700) p. 615.
t. 386.].

花ハ兩全、雄花ヲ伴フ、又ハ雄本ノミヲ異ニスルカ又ハ雌雄異株、蕚、花
瓣ヲ有スルカ又ハ無瓣、花托ハ輪狀又ハ數葉ニ分岐シ稀ニ之ヲ缺グ、雄蕋
ハ四個乃至十個、八個ノモノ多シ、子房ハ二叉シ二室、各室ニ二個ノ胚珠
ヲ藏ス、花柱ハ二個又ハ一個先端二叉ス、花托ハ雄蕋ノ周圍ニアルカ又ハ
其ノ內部ニアルカ又ハ雄蕋ヲ包ム、果實ハ翅果、── 喬木又ハ灌木、葉ハ對
生、單葉又ハ複葉、花序ハ總狀岐繖狀又ハ繖房狀ナリ。
世界ニ約百二十種、 朝鮮二十三種七變種ヲ產ス、 其ノ中朝鮮特產ノモノ三
種(中一種ハ欝陵島產)、滿洲ト共通ノモノ八種、日本ト共通ノモノ四種アリ。

亞 屬 區 分 法

I. 輪盤亞屬。 花托ハ輪狀ニシテ雄蕋群ヲ回ル、花被ハ五個宛、雄蕋ハ
　　八個。
　　第一節、 ゼがらばな節、 葉ハ三乃至五叉シ、**花序ハ長キ總狀、**
　　　　　　　　　　　　　　雜性。

第二節、　からこぎかへで節、　葉ハ三叉ハ無叉、花ハ繖房狀圓錐花叢ヲナシ。　雜性。

第三節、　やまもみぢ節、　葉ハ五乃至十三叉（通例七乃至十三叉）、花ハ繖房狀圓錐花叢ヲナシ。雜性。

第四節、　めぐすりのき節、　葉ハ三葉片ヨリ成ル、花ハ三個宛生ズルカ又ハ總狀ニ五個生ズ、單性又ハ雄花異株。

II.　凹盤亞屬。　雄蕋八個、花托ノ凹點ヨリ出ヅ、花被五個宛。

第五節、　いたやかへで節、　葉ハ三乃至七叉（通例五乃至七叉）、花ハ繖房狀圓錐花叢ヲナシ。　雜性。

III.　平盤亞屬。　花托ハ圓形又ハ周圍ニ數葉アリ、雄蕋ハ花托ヲ周リテ生ズ。

第六節、　うりかへで節、　花ハ若枝ノ先端ニ生ズ、花被ハ五個宛、雄蕋八個、雄花異株。

第七節、　みねかへで節、　花ハ若枝ノ先端ニ生ズ、花被ハ五個宛、雄蕋八個、雌雄異株、葯ノ先端ニ突起アリ。

第八節、　あさのはかへで節、　花ハ雌雄異株、雄花ハ枝ノ側ヨリ葉ナキ花蕾トナリテ生ズ、花被ハ四個宛、雄蕋ハ四個乃至六個、雌花ノ花被ハ五個宛。

Conspectus sectionum et subgenerum.

Subgn. I. Extrastaminalia, Pax. sensu div.

　　　Stamina a disco annulari ut fasciculo circumdantur. Perigonium pentamerum. Stamina 8.

Sect. I. Spicata, (Pax) Nakai.

　　　Folia 3–5 lobata. Inflorescentia spicato-racemosa, polygama.

Sect. II. Ginnala, Nakai. Sect. nov.

　　　Folia trilobata v. indivisa. Inflorescentia corymboso-paniculata, polygama.

Sect. III. Palmata, Pax.

　　　Folia 5–13 (vulgo 7–13) lobata. Inflorescentia corymboso-paniculata, polygama.

Sect. IV. Trifoliata, (Pax) Koidz.

    Folia ternata. Inflorescentia racemosim 3–5 floris, andro-dioica v. monœica.

Subgn. HI. Circumstaminalia, Nakai. Subgn. nov.

    Stamina a fossis disci evoluta ie. quidque stamen basi disco continuo circumdatur.

Sect. V. Platanoidea, Pax.

    Folia 3–7 (vulgo 5–7) lobata. Inflorescentia corymboso-paniculata, polygama.

Subgn. III. Intrastaminalia, Pax.

Stamina discum circumdant v. in sinu lobi posita.

Sect. VI. Macrantha, Pax.

    Flores omnes ad apicem rami hornotini terminales. Perigonium pentamerum. Stamina 8. Androdioica. Antheræ apice obtusæ.

Sect. VII. Palmatoidea, Koidz.

    Flores omnes ad apicem rami hornotini terminales. Perigonium pentameri. Stamina 8. Dioica. Antheræ apiculatæ.

Sect. VIII. Arguta, Rehd.

    Dioica. Perigoniumm fl. ♂ tetramerum. Stamina 4–6. Perigonium fl. ♀ pentamerum. Flores ♂ in gemmis lateralibus aphyllis positi.

以上ノ各節ニ編入スベキ朝鮮ノもみぢハ次ノ如シ。

第一節、 を が ら ば な　Acer ukurunduense, Trautv. et Mey.

    うすげをがらばな　Acer ukurunduense, var. pilosum, Nakai.

第二節、 か ら こ ぎ か へ で　Acer Ginnala, Maxim.

    あかみのからこぎかへで　Acer Ginnala, f. coccineum, Nakai.

第三節、 て ふ せ ん や ま も み ぢ　Acer palmatum, Thunb. v. coreanum, Nakai.

第三節、 てふせんはうちは Acer Pseudo-Sieboldianum, Komarov.

同上ノ一種 ,, ,, var. ambiguum, Nakai.

同上ノ一種 ,, ,, var. macrocarpum, Nakai.

同上ノ一種 ,, ,, var. koreanum, Nakai,

をきのはうちは Acer Okamotoi, Nakai.

くはがたはうちは Acer nudicarpum, Nakai.

をくのはうちは Acer Ishidoyanum, Nakai.

第四節、 まんしうかへで Acer mandshuricum, Maxim.

をにめぐすり Acer triflorum, Komarov.

同上ノ一種 ,, ,, f. subcoriaceum, Kom.

第五節、 いたやかへで Acer pictum, Thunb. var, Mono, Maxim.

をにいたや Acer pictum, var. Paxii, Graf. v. Schwerin.

いとまきかへで Acer pictum, var. Savatieri, Pax.

第六節、 まんしううりはだ Acer tegmentosum, Maxim.

第七節、 てふせんみねかへで Acer Tschonoskii, Maxim. var. rubripes, Kom.

第八節、 てふせんあさのはかへで Acer barbinerve. Maxim.

同上ノ一種 Acer barbinerve, var. glabrescens, Nakai.

各種ノ記相文並ニ圖解

1. を が ら ば な

（第 壹 圖）

高サ六乃至七米突、樹膚ハ灰色、若枝ハ綠色又ハ帶紅色微毛アリ。 葉ハ長キ葉柄ヲ有シ葉身ハ外形圓形ニシテ基脚心臟形ヲナシ淺キ五乃至七裂片ヲ有ス。 裂片ハ卵形ニシテ先端著シク尖リ邊緣ニ鋸齒アリ。葉ノ上面ハ毛ナク下面ハ密毛生ズ、花序ハ長キ總狀花序ヲナシ直立ス花ハ帶綠黃色ニシテ密ニ排列シ。 花軸及ビ花梗ニハ短毛生ズ。 花梗ハ單一ナレドモ往々二叉ス

ルモノアリ。花ハ單性ニシテ雄花、雌花ハ一花序ニ雜居ス。雄花ハ五個ノ
萼片ヲ有シ萼片ニハ疎毛生ズ。花瓣ハ五個ニシテ細シ。花托ハ雄蕊ノ外方
ニアリ數葉ニ分ル。雄蕊ハ八個、葯ハ黄色ナリ。雌蕊ハ單ニ其痕跡アルノ
ミ、雌花ハ有瓣又ハ無瓣(3)雄蕊ハ退化シテ其用ヲナサズ。翅果ハ基脚ヨリ
翅ノ先端マデ凡ソ十八ミリアリ翅ハ長倒卵形ヲナシ鋭角又ハ直角ニ展開ス
子房ハ四ミリ乃至四半ミリアリ。八月末成熟ス。
中部北部ノ山地ニ生ジ通常四五千尺ノ邊ニ多シ。四國、本島ノ稍高山ニ生
ジ北海道、滿洲、東部西比利亞ニ分布ス。

う　す　げ　を　が　ら　ば　な

ブギャグンナム(全南)

前者ノ一變種ニシテ葉身ノ上面ニハ若葉ニ於テモ極メテ薄毛アルノミ老成
スレバ裏面葉柄ニ近ク少シク毛アルノミ他ハ全然平滑トナル。
智異山彙千米突以上千六百米突邊迄ニ生ズ、材幹ノ用途少シ。

1. Acer ukurunduense.

Trautv. et Mey. Fl. Ochot. I. ii (1856) p. 24. n. 78. Kom. Fl. Mansh. II. (1904) p. 722. Nakai Fl. Kor. I. (1909) p. 134. Schneid. Illus. Handb. Laubholzk. II. (1907) p. 199.

A. dedyle, Maxim. in Bull. Phys-Math. Acad. Petrop. XV. p. 125. Rupr. in Mél. Biol. II. p. 520.

A. spicatum, Lam. var. ukurunduense, Maxim. Prim. Fl. Amur. (1859) p. 65. in Mél. Biol. X. p. 594. Fran. et Sav. Enum. Pl. Jap. I. p. 88. Nicholson in Gard. Chron. (1881) p. 172. f. 29. Pax in Engl. Bot. Jahrb. VII. p. 188 et Acerac. p. 16. Fr. Schmidt Fl. Amg. n. 78. Sachal. n. 94. Korsch. in Act. Hort. Petrop. XII. p. 317. Koidz. Rev. p. 31. t. XIX, excl. fig. 6.

A. lasiocarpum, Lévl, et Vnt. in Bull. Soc. Bot. Franc. VI (1906) p. 591.

A. caudatum var. ukurunduense, Rehd. in Trees & Shrubs I. pl. LXXXII. 1–7.

Arbor usque 6–7 metralis. Cortex cinerea. Ramus juvenilis viridis v. rubescens adpresse puberulus. Folia longe-petiolata ambitu rotundata basi cordata breve 5–7 fida, lobis ovato-acuminatis, mucronatis incumbente-serratis, supra glabra subtus incana praecipue secus venas primarias barbata. Inflorescentia longe racemosa erecta. Flores viridi-flavi densissime dispositi. Pedunculi et pedicelli adpressissime ciliolati. Pedicelli vulgo simplices sed haud rarum bifidi. Sepala lanceolata puberula. Petala linearia v. spathulato-linearia, flava 2 mm longa margine ciliata. Discus 7–8 lobatus. Stamina 7–8, maturata cum antheris 3mm longa. Anthere flavæ ellipticæ. Samara a basi ovarii ad apicem alæ usque 18 mm longa. Alæ obovato-oblongæ, angulo acuto v. recto patentes. Ovarium 4–4.5 mm longum.

Habitat in montibus Coreæ mediæ et septentrionalis.

Distr. Nippon, Shikoku?, Manshuria et Sibiria orient.

Specimina Sachalinensia a G. Nakahara lecta, qua Dr. G. Koidzumi in ‘Revisio’ pro typo habuit, fructum majorem æquïmagnum cum ‘Acer spicatum’ habent, sed foliorum forma cum A. Ukurunduense congruit. Nominavi igitur ea ut A. ukurunduense var. **sachalinense**, Nakai.

var. pilosum, Nakai.

Folia juvenilia supra secus venas tantum pilosula, subtus pilosa circa basin pubescentia, demum toto glabrescentia.

Nom. Vern. Bugyagun-nam.

Hab. in montibus Chirisan, 1000 m. et supra.

2. からこぎかへで

シンナム（京畿、慶南、全南）、シタクナム（平北）

（第　貳　圖）

灌木又ハ小喬木高サ三米突乃至八米突許。樹膚ハ黒灰色、褐灰色又ハ灰色、若枝ハ緑色又ハ紅色無毛ナリ。葉ハ最初ニ出ヅルモノハ卵形又ハ長卵形又ハ廣披針狀ニシテ全縁又ハ鋸齒アリ分叉セズ、上方ノモノハ三叉シ外形ハ卵形ニシテ大ナルハ長サ九珊ニ達ス。葉ノ裂片ハ長ク尖リ複鋸齒アリ兩面共ニ毛ナシ唯基脚中肋ニ沿ヒ微毛アルノミ、花ハ繖房狀圓錐花叢ヲナシ苞ハ極小ニシテ花後早落ス。花ハ一花序ニ雄花ト雌花ト混生ス、雄花ハ蕚片

橢圓形又ハ廣橢圓形ヲナシ長サ二半ミリ外面平滑ニシテ內面ニ微毛アリ。
緣ニ縮ミタル微毛ヲ密生ス。花瓣ハ五個黃色萼片ヨリ少シク長シ雄蕊ヲ邊
回リテ花托アリ。雄蕊ハ八個葯ハ黃色、長サ一ミリ、子房ハ退化シ其ノ用
ヲナサズ。雌花ハ萼片橢圓形又ハ長橢圓形又ハ長橢圓、雄花ト同ジク帶紅
綠色又ハ紅色、花瓣ハ萼片ヨリ少シク長ク花托ハ八個ノ小葉ニ分レ雄蕊ヲ
回リテ生ズ、雄蕊ハ七個又ハ八個、葯ハ發達スレドモ花粉ハ其ノ用ヲナスモ
ノ殆ンドナシ、子房ハヨク發達シ綠色又ハ帶紅色花柱短カク柱頭ノ一部ハ
相癒合シ半バ以上分叉ス、翅果ハ基脚ヨリ翅ノ先端迄二珊乃至三珊アリ、翅
ハ倒卵形又ハ長倒卵形ヲナシ銳角ニ開クカ又ハ相ヨリテ少シク重ナリ合
フ、子房ハ著シク皺曲アリ、八月末成熟ス。
全道ノ山地又ハ森林ニ生ズ樹ハ大ナラザルヲ以テ薪トナスカ又ハ寄木細工
用トスルノ外ナシ、往々杖トシテ用フ。
本島、四國、九州、北海道、黑龍江流域、滿洲、南蒙古ニ分布ス。
一種果實紅色ナルアリ「あかみのからこぎかへで」ト云フ。

2. **Acer Ginnala,** Maxim. in Mel, Biol. II. (1857) p. 415.

Pax in Engl. Bot. Jahrb. VII (1886) p. 185. Acerac. p. 12.
Dippel Haudb. Laubholzk. II. (1862) p. 418. f. 194. Rupr. in Mél,
Biol. II. (1857) p. 522. Freyn. in Oest. Bot. Zeits. (1902) p. 17.
Rehd. Tress & Shrubs I. p. 179. Kom. Fl. Mansh. II. p. 719.
Nakai Fl. Kor. I. p. 134. II. p. 462. Schneid. Illus. Handb.
Laubholzk. II. (1907) p. 196. fig. 125 h–p. Koidz. Rev. p. 30 t. XVIII.

A. tataricum var. Ginnala, Maxim. Prim. Fl. Amur. (1859) p. 67.
Mél, Biol. X.ʼ(1889) p. 604 et Fl. Mongl. p. 138. Regel Tent. Fl.
Uss. n. 106. Gartenfl. (1877) p. 308. Schmidt Amg. n. 79. Forbes
et Hemsl. Ind. p. 142. Palib. Consp. Fl. Kor. I. p. 59. Korsch. in
Act. Hort. Petrop. XII. p. 318. Lévl. in Bull. Soc. Bot. Fr. VI
(1906) p. 593.

A. tataricum v. laciniatum, Regel in Bull. Phy.-Math. Akad.
Petrop. XV. p. 216.

A. tataricum, Fran. et Sav. Enum. Pl. Jap. I. (1875) p. 89. II.
(1879) p. 323. Lévl. l. c. p. 593.

A. tataricum v. acuminatum, Fr. Pl. Dav. I. p. 76.

A. tataricum v. aidzuense, Er. in Bull. Soc. Bot. Fr. XXVI
(1880) p. 84.

cinerea v. cinerea. Ramus viridis v. rubescens, glaberrimus. Folia basilaria indivisa ovata v. oblongo-ovata v. lanceolata integra v. serrata, media et superiora trifida, ambitu ovata usque 9 cm. longa, lobis acuminatis duplicato-serratis, utrinque glaberrima basi costæ barbulata, secus costam sparsissime pilosa v. glabra. Inflorescentia cymoso-paniculata ambitu ovoidea, bracteis linearibus caducis. Sepala late-elliptica 2.5 mm longa, extus glabra intus pilosa, margine dense crispulo-barbata. Petala flava lanceolata calyce paulum longiora. Stamina 8. Antheræ flavæ 1 mm longæ. Discus extrastaminalis. O- varium pubescens, floris ⚥ abortivum. Samara a basi ovarii apicem alæ 2–3 cm longa. Alæ angulo acuto divergentes v. apice ad conniventes v. subparallelæ obovatæ v. oblanceolatæ. Ovarium eximie reticulatum.

Nom. Vern. Sin-nam, Sitaknam.

Habitat in montibus Coreæ fere totius.

Distr. Amur, Manshuria, Mongolia austr., Yeso, Nippon, Shikoku et Kiusiu.

3. てふせんやまもみぢ

シンナム（全南）

（第　参　圖）

喬木ニシテ幹ハ直徑六十珊乃至八十珊ニ達ス。樹膚ハ灰色ナリ。若枝ハ毛ナク濃紅色ヲ帶ブ。若葉ハ始メ紅色ヲ帶ブレドモ後綠色化ス。側枝ノ葉ハ大形ニシテ半以上五乃至七叉シ基脚ハ狹ク彎入ス。裂片ハ廣披針形ヲナシ複鋸齒アリ。先端著シク尖ル。上面平滑ニシテ裏面ハ主脈ニ沿フテ白毛生ズレドモ後脫落シテ平滑トナル葉ノ長サ六珊ニ達ス。古枝ノ葉ハ小ニシテ葉柄比較的長ク中バ以上七叉シ裂片ハ側枝ノ葉ヨリ狹シ同ジク複鋸齒アリ先端ハ著シク尖ル。葉柄ハ紅色ヲ帶ブルヲ常トス。花ハ繖房狀圓錐花叢ヲナシ花軸並ニ花梗ハ細ク紅色ヲ帶ビ無毛ナリ。苞ハ極小ナリ。萼片五個橢圓形先端丸キカ又ハ少シク尖ル其ノ色紅色又ハ濃紅色ナリ。邊緣ニハ細毛生ズ。花瓣ハ雌花ニナク雄花ニアリテハ黃色廣橢圓形ニシテ萼片ヨリ短カシ、花托ハ輪狀ニシテ雄蕊ノ外方ニアリ。雄蕊ハ雌花ニアリテハ全クナキカ又ハ不完全ナルモノ一二個乃至四五個アリ。雄花ニアリテハ完全ニ發達シ八

個アレドモ長サ不同ナリ。雌蕋ハ雄花ニアリテハ殆ンド退化消滅シ（7）雌花ニアリテハ完全ニ發達シ二室アリ左右ニ相並ベル二個ノ胚珠アリ。翅果ハ小ニシテ基脚ヨリ先端迄一珊許無毛ナリ。

全羅南道白羊山（一名白岩山）、莞島、濟州島漢拏山等ノ森林ニ自生シ其狀習性共ニ九州、近畿等ニ生ズル「いろはかへで」ニ似タレドモ雌花ニ花瓣ナキヲ以テ區別シ得ベシ。

花ハ五月初旬ニ開キ九月上旬果實成熟ス。材ハ固ク細工物、床柱等ニ適ス。

3. Acer palmatum, Thunb. Fl. Jap. (1784) p. 162.
var. coreanum, Nakai. var. nov.

Arbor magna, trunco diametro usque 60–80 cm., cortice grisɛa. Ramus junior glaberaimus purpureo-rubescens. Cataphylla rubra, intus pilosa extus villosula v. basi glabra. Folia juniora rubescentia, adulta viridia. Folia rami lateralis juvenilis infra medium 5–7 fida, basi arguste sinuata, lobis late-lanceolatis duplicato-serratis acuminatis, supra glabris infra secus venas pilosis demum glabrescentibus, 5–6 cm longa. Folia rami adulti minora longe-petiolata. petiolie atro-rubris gracilibus, vulgo 7–fida, lobis lanceolatis candato-acuminatis subduplicato-serratis. Inflorescentia corymboso-paniculata, pendunculis pedicellisque atro-rubris gracilibus glabris. Bractes minutissimæ. Sepala 5 elliptica obtusa v. acuta rubra margine ciliata. Petala tantum in flore ⚦ adsunt, flava calyce breviora late-elliptica. Discus annularis extrastaminalis. Stamina 8 inæqualia antheris rubris, in flore ♀ autem nulla v. 2–5 abortiva. Ovarium bilowlare. Styli apice bifidi, in flove ⚦ abortiri. Samara parva a basi ovarii ad apicem alæ 1 cm. longa glaberrima. Alæ oblongæ.

Nom. vern. Shin-nam.

Habitat in montibus Chöl-la, insulæ Wang-do et Quelpaert.

Planta endemica!

4. てふせんはうちは

ペルゴンナム（濟州島）　　　タンプンナム（京畿、全南、）
サンキョルップナム（平北）　　シンナム（全南）

（第　四　圖）

灌木又ハ小喬木、分岐多シ、樹膚ハ灰色、若枝ハ帶紅色、後白粉ヲツケタル如クナル。葉ハ若キトキハ薄毛ニテ被ハレ紅色ヲ帶ブレドモ成長スレバ殆ンド無毛トナリ綠化ス。葉柄ニハ毛アリ帶紅色、裂片ハ九個乃至十一個ニシテ複鋸齒アリ。葉ノ上面ハ平滑ナレドモ裏面ハ主脈ニ沿フテ白毛生ズ　花ハ繖房狀圓錐花叢ヲナシ花梗ハ始メ毛多ケレドモ後ハ殆ンド皆脱落ス。雄花、雌花ハ共ニ同一花序中ニアリ。雄花ハ蕚片濃紅色廣披針形ヲナシ長サ三ミリ許邊緣ニ僅カノ毛アリ、花瓣ハ卵形又ハ圓形黃色ナリ。花托ハ輪狀ニシテ雄蕋ノ外方ニ位ス。雄蕋ハ八個乃至十個、葯ハ黃色橢圓形一半ミリ許、雌蕋ハ殆ンド退化消滅ニ近シ。雌花ハ雄花ニ似タレドモ花瓣稍大ニシテ蕚片モ長サ四ミリ許、子房ニハ疎毛生ジ柱頭ハ僅カニ二叉ス。子房並ニ果實ノ若キモノハ紅色ナレドモ後綠化シ、翅果ノ翅ハ倒卵形ニシテ、鈍角ヲナシテ左右ニ開キ基脚ヨリ先端迄二珊許アリ、平滑ナリ。

全道ノ山地、群島ノ森林、濟州島、欝陵島ノ森林ニ至ル迄之レヲ産ス。四五月花ヲ開キ九月實ヲ結ブ。

樹ハ分岐多ク小形ニシテ良材ヲ得難シ稀ニ大形トナレバ中空トナルヲ常トス。

智異山ニアリテハ早春新芽未ダ發セズ養分漸ク上方ニ移動スル頃其幹ヲ傷ケ「いたやかへで」「えぞのだけかんば」ト共ニ所謂藥水ヲ取ル、少シク糖分ヲ含ミ甘味アリ之レニ砂糖又ハ蜂蜜ノ加ヘ遠近ノ參詣者ニ給ス。本種ハ葉形ヨリスレバ日本産ノ「いたやめいげつ」ニ似タレドモ花紅色ナルト果實ニ毛ナキ事ニ依リ區別シ得。本種ノ最モ特異ノ點ハ秋期落葉セザルコトナリ。即チ枯葉ハ早春若芽ノ萌ユル際其壓力ニ依リテ墮落スルナリ。紅葉美シク園藝品トシテ賞スルニ足ル。

次ノ三變種ヲ區別シ得。即チ

1. 葉ノ基脚彎入少ク殆ンド截斷セル如クナルモノ。
2. 翅果ノ翅細キモノ（第五圖）。
3. 翅果ノ數少ク大形ナルモノ（第六圖）。

何レモ基本種ヨリ轉化セルモノニシテ基本種ト混ジテ諸所ニ生ズ。

4. Acer Pseudo-Sieboldianum (Pax.) Kom.

Fl. Mansh. II. (1904) p. 725. Nakai Fl. Kor. I. p. 136. t. X. f. 2. II. p. 462.

A. circumlobatum, Maxim. v. Pseudo-Sieboldianum, Pax in Engl. Bot. Jabrb. VII (1886) p. 199. Acerac. p. 25.

A. Sieboldianum, Miq. v. mandshuricum, Maxim. in Bull. Acad. St. Petersb. XXXI. (1886) p. 25, Mél, Biol. XII. p. 433. Rehd. Trees & Shrubs p. 178.

A. Sieboldianum var. Baker et Moore in Journ. Linn. Soc. XVII, p. 380.

A. japonicum (non Thunb.) Forbes et Hemsl. · in Journ. Linn. Soe. XXIII. p. 140.

Frutex v. arbuscula, ramis crebris. Cortex cinerea. Ramus juvenilis rubescens demum glaucinus. Cataphylla spathulata intusglabra extus pilosa. Folia juniora pubescentia rubescentia, adulta longe petiolata, petiolis pubescentibus rubescentibus, lamina 9–11 loba, lobis rhombeo-acuminatis, oblanceolato-acuminatis v. lanceolato-acuminatis, duplicato-serratis, supra glabra subtus secus venas pubescente. Inflorescentia corymboso-paniculata pedicellis primo pubescentbus demum glabrescentibus. Flos ♀, sepalis 4 mm longis atrorubescentibus lanceolatis margine pilosissimis, petalis ovatis v. rotundatis flavis crenatis, disco annular extrastaminale, staminibus 8–10, antheris flavis ellipticis 1.5 mm longis, ovario horizontale, stigmate leviter bifido papilloso. Flos ☿, sepalis late-lanceolatis pauciserratis 3–3.3 mm longis, petalis rotundatis calyce triplo brevioribus, staminibus 8, antheris flavis, pistillo abortivo, disco extrastaminale. Fructus junior rubens, alis angulo obtuso divergentibus obovatis, a basi ovarii ad apicem alæ 2 cm. longis glabris.

Nam. vern. Perugon-nam. Tanpung-nam. Sankyorupp-nam, Sin-nam.

Habitat in montibus sylvisque Peninsulæ Coreanæ et Quelpærtensis, nec non insulæ Uryöngto.

Distr. Manshuria et Ussuri austr.

var. **ambiguum,** Nakai in Tokyo Bot. Mag. XXVII (1913) p. 130.

Folia basi truncata v. aperte cordata immixta. Fructus ut antea.

Habitatio ut antea.

var. macrocarpum, Nakai l. c.

Folia ut antea. Fructus major a basi ovarii ad apicem alæ 2.8 cm longus. Alæ oblongæ fere horizontali-patentes.

Habitat in silvis Coreæ septentrionalis.

var, **koreanum,** Nakai Fl. Kor. I. p. 136. tab. X. fig. I.

Folia basi cordata, interdum subtruncata. Alæ samaræ angulo acuto v. obtuso patentes. Fructus a basi ovarii ad apicem alæ oblongæ 2 cm longus.

Habitat in montibus et silvis Coreanæ peninsulæ et Quelpærtensis.

5. をきのはうちは
(第 七 圖)

喬木？枝ハ白粉ヲ被ムリ毛ナシ。葉ハ縦ニ平タキ圓形ヲナシ縦ニハ 8.5 珊、横ニハ 12 珊許アリ。十三個ノ裂片ヲ有ス。葉柄ハ平滑ニシテ上面細キ溝ヲナス。長サ 7.8 珊許ニ達ス。葉ノ裂片ハ披針狀ヲナシ、裏面ハ其脚ニ近ク主脈ノ間ニ毛アルノミ、邊緣ハ稍深ク複鋸齒アリ　花序ハ繖房狀圓錐花叢ヲナス。翅果ハ著大ニシテ無毛、基脚ヨリ翅ノ先端迄 3.5 乃至 4 珊アリ。子房モ大ニシテ長サ 1.6~1.8 珊アリ。翅ハ橢圓形ヲナス。欝陵島ノ森林ニ生ジ、朝鮮特産ナリ。山林課員岡本金藏氏ノ採收セルモノナリ。

やまもみぢ節 (Palmata) 中最大ノ果實ヲ附クルモノナリ。

5. Acer Okamotoi, Nakai in Tokyo Bot.
Mag XXVII (1913) p. 130.

Arbor? Ramus glaucinus glaber. Folia ambitu brevirotundata 8.5 cm longa 12 cm lata, adulta petiolis glabris, supra canaliculatis usque 7.8 cm longis, lamina 13–lobata, minima 11–lobata, præter axillas costæ barbatas toto glabra, lobis late-lanceolatis inciso-duplicato-serratis. serratulis anguste acuminatis. Flores ignoti. Inflorescentia corymboso-paniculata. Fructus maximus glaberrimus, a basi ovarii ad apicem alæ oblongæ 3.5–4.8 cm longus. Ovarium 1.6 — 1. 8. cm longum.

Habitat in silvis Uryöngto.

Planta endemica!

6. くはがたはうちは

（第 八 圖）

喬木（採收者内山富次郎氏ニ依ル）、枝ハ白粉ヲ被リタル ガ如シ。 葉ハ長キ葉柄ヲ有ス。 葉柄ハ微毛アリテ後平滑トナル、葉身ハ半以上分叉シ九個乃至十一個ノ裂片ヲ有ス、 裂片ハ披針形ニシテ先端著シク尖リ邊緣ニ複鋸齒アリ。 葉ノ上面ハ無毛ナレドモ下面ニハ葉脈ニ沿フテモ毛アリ、未ダ花ヲ見ズ。 花序ハ繖房状圓錐花叢ヲナシ花梗ハ稍太シ、翅果ハ内方ニ彎曲シ左右ノ翅ハ相對シテ甲ノ鍬形ノ如シ而シテ基脚ヨリ先端迄約三珊アリ。 無毛ナリ。

京畿道南韓山ノ産ニシテ朝鮮特産ナリ、 てふせんはうちはニ最モ近キ一種ナリ、余未ダ其生品ヲ見ズ從テ效用等知ルニ由ナシ。

6. Acer nudicarpum, Nakai.

A. japonicum, Thunb. var. nudicarpum, Nakai Fl. Kor. I. p. 135. Arbor (fide T. Uchiyama). Ramus glaucus. Folia longe-pedicellata, pedicellis pilosis demum glabrescentibus, lamina infra medium 9–11 lobata, lobis lanceolatis acuminatis duplicato-serratis, supra glabra subtus secus venas pilosa. Flores ignoti. Inflorescentia corymboso-paniculata. Pedunculi robustiusculi. Fructus a basi ad apicem alæ 3 cm longus glaberrimus, basi horizontalis ad alas arcuatus.

Habitat in montibus Coreæ mediæ (mte Namhansan).

Planta endemica!

7. をくのはうちは

（第 九 圖）

喬木（石戸谷技手ニ依ル）。 若枝ハ紅色ヲ帶ビ後白粉ヲ被ムル。葉柄ハ帶紅色ニシテ白色ノ毛アリ。後毛ハ脱落シテ平滑無毛トナル。上面ハ細キ溝状ヲナス。 葉身ハ廣ク十一個ノ廣披針形ノ裂片ヲ有シ其基部ノ裂片ハ左右一二個宛互ニ相重ナルヲ常トス。 小形ノ葉ニアリテハ裂片狹ク相離ルヽコトアレドモ恰モてふせんはうちはノ基本種中最モ狹キ彎入部ヲ有スルモノニ似タリ 上面ハ平滑ニシテ下面ハ色淡ク主脈ノ分岐點ニ稍長キ毛ヲ生ズ。

未ダ花ヲ見ズ。花序ハ枝ノ先端ニ生ジ繖形ニ近キ繖房花序ヲナス。 花軸ハ
直立シ多少扁平ニシテ微毛アリ、花梗ハ下垂ス。 果實ハ基脚ヨリ翅ノ先端
迄ニ半珊許アリ、帶紅色。翅ハ橢圓形ニシテ銳角ヲナシテ開ク。
平安北道白碧山ニテ石戸谷技手始メテ之レヲ採收セリ。 蓋シ「てふせんは
うちは」ニ似タル一新種ナリ。

7. **Acer Ishidoyanum,** Nakai in Tokyo Bot.
Mag. XXVII (1913) p. 130.

Arbor. (fide T. Ishidoya.) Ramus juvenilis rubescens demum
glaucescens. Folia petiolis rubescentibus albo-barbulatis demum
glabrescentibus, supra canaliculatis, lamina 11-lobata, lobis late-
lanceolatis acuminatis duplicato-serratis, basi lobis infimis 1–2 inter
sese imbricatis v. anguste apertis, ambitu rotundata, supra
glaberrima, infra pallidiore in axillis costarum barbata. Flores
subumbellati. Pedunculi erecti plus minus compressi pilosi.P edicelli
fructiferi a basi penduli. Fructus a basi ad apicem alæ 2.5 cm
longus rubescens. Alæ oblongæ angulo acuto divergentes.

Habitat in silvis Coreæ septentrionalis (mte Hakuhekisan).

Planta endemica, affine A. Psendo-Sieboldiano, sed lobis foliorum
latioribus, infimis imbricatis, alis fructus oblongis exquo dignos-
cendum.

8. まんしうかへで

カチバクタル

(第 拾 圖)

喬木高サ十米突ニ達ス。 樹膚ハ灰色、若枝ハ帶紅色、葉ハ長キ葉柄ヲ有シ
三個ノ小葉ヲ具有ス。 上面平滑ニシテ綠色又ハ帶紅色、下面ハ淡白色ニシ
テ主脈ニ沿フテ微毛生ズ。 花軸ハ三個ノ花ヲ附ケ往々總狀ニ五個ヲツクル
コトアリ、帶紅色ナリ。 小葉ハ披針形ヲナシ長キハ 10 珊ニ達ス。 花ハ雌
雄異株帶綠黃色、果實ノ若キモノハ紅色ナリ。 花柱ハ二叉シ久シク脫落セ
ズ。 翅果ハ基脚ヨリ翅ノ先端迄三乃至三半珊アリ平滑ナリ。 子房ニ皺曲
アリ。

8. **Acer mandshuricum,** Maxim.

in Mèl. Biol. VI (1867) p. 371. XII. (1886) p. 434. Pax in Engl. Bot. Jabrb. VII (1886) p. 253. XI. (1889) p. 80. Acerac. p. 29. Rehd. in Trees & Shrubs I. p. 181.

A. manshuricum, Kom. Fl. Mansh. II. p. 727. Nakai Fl. Kor. I. p. 132.

Arbor usque 10 metralis ramosus. Cortex cinerascens. Ramus juvenilis rubescens. Folia longe-petiolata trifoliolata, præter costam infra puberulam glaberrima v. tota glabra. Petioli grocilescentes rubescentes. Foliola terminalia longe-petiolulata anguste lanceolata v. lanceolata usque 10 cm longa viridia v. rubescentia infra glauca utrinque obtusiuscula serrata, lateralia subsessilia. Inflorescentia triflora v. racemoso 5-flora. Flores viridi-flavi. Fructus juvenilis rubescens. Styli stricti subpersistentes. Samara a basi ovarii ad apicem alæ 3–3.5 cm longa glaberrima. Ovarium reticulatum.

Nom. vern. Kochi-paktar.

Habitat in montibus Coreæ peninsulæ totius.

Distr. Manshuria.

9.　お　に　め　ぐ　す　り

プ　ッ　ク　チ　ャ　キ

（第　拾　壹　圖）

喬木又ハ灌木高サ三米突ヨリ八米突位、樹膚ハ灰色、枝ハ紅色ニシテ小皮目散點ス。葉ハ長キ葉柄ヲ有シ三小葉ヨリ成ル、葉柄ハ多毛ナレドモ後漸次脱落シテ微毛トナル。最先端ノ小葉片ハ2.5乃至9珊ノ長サアリテ小葉柄ヲ具フ形披針狀又ハ稍橢圓形ヲ帶ブ、上面ハ極メテ微毛アリ。下面ハ淡白色ニシテ主脈ト邊緣トニハ微毛ヲ生ズ。兩側ニ一個乃至三個ノ疎大ナル鋸齒アリ。側方ノ小葉ハ2乃至9珊ノ長サアリテ殆ンド無柄、稍不正ナル廣披針形ヲナス。邊緣ハ外側ノミニ三個ノ鋸齒アリ。花ハ通例雌雄異株ニシテ一花序ニ三個宛生ズ。花軸及ビ花梗ニハ密毛生ズ、翅果ハ子房ノ基部ヨリ翅ノ先端迄4.5珊許、子房ノ周壁ニハ著シキ密毛生ズ、翅ハ無毛ニシテ橢圓形ナリ。

中部、北部ノ山地森林ニ生ジ器具有トシテハ適當ナル材ヲ有ス。滿洲ニ
分布ス。

一種葉厚ク上圖ニハ點狀ノ起走アルモノアリ、おにめぐすりの一種ニシテ
相混ジテ生ズ。

9. Acer triflorum. Kom.

Fl. Mansh. II. (1904) p. 728. in Act. Hort. Petrop. XVIII.
(1901) p. 430. Rehd. Trees & Shrubs I. p. 181. Nakai Fl. Kor. I.
p. 133.

Arbor 3–8 metralis. Cortex cinerea. Ramus rubescens minutis
lenticellis punctatus. Folia longe petiolata trifoliata, petiolis pubes-
centibus hirsutis demum pilosis, foliolis terminalibus 2.5–9 cm
longis, distincte petiolulatis lanceolatis v. oblongo-lanceolatis v.
oblongo-oblanceolatis, supra minute ciliatis, infra glaucinis, secus
venas margineque barbulatis utrinque grosse 1–3 dentatis, pilis ut in
segmentis terminalibus. Inflorescentia triflora. Pedunculi et
pedicelli rufescenti-villosi. Samara a basi ovarii ad apicem alæ
usque 4.5 cm longa. Ovarium dense rufescenti-villosum. Alæ
glabræ distincte crebrinervosæ oblongæ v. semiobovatæ.

Nom. Vern. Pukchaki.

Habitat in montibus Coreæ mediæ et septentrionalis.

Distr. Manshuria.

forma subcoriacea, Kom. Fl. Mansh. II. p. 730.
Folia coriacea supra sparse papilloso-ciliolata.

Habitatio ut antea.

Distr. Manshuria.

10. いたやかへで

コロソイナム(平南)、シンナム(全南)

(第 拾 貳 圖 1-4)

喬木ニシテ高サ十米突餘ニ達ス。 樹膚ハ灰色、若枝ハ無毛、綠色ナリ。葉
ハ秋期黃化ス。 長キ葉柄ヲ有シ通例五叉スルヲ常トスレドモ或ハ三叉七叉
等ヲ交フ。 若キ側枝ノ葉ニアリテハ裂片ニハ一二個ノ大ナル鋸齒アレドモ

通例裂片ハ凡テ全緣ナリ。 葉ノ上面ハ無毛ナレドモ裏面ノ葉脈ニ沿ヒ微毛生ズ。 葉柄ヲ最初ハ多少ノ毛アリ特ニ基脚部ニ多ケレドモ後悉ク落ツ、花ハ通例葉ニ先チテ開キ又ハ葉ト同時ニ出ヅ、 花序ハ繖房狀圓錐花叢ヲナシ雄花、雌花共ニ一花序中ニアリ。 萼ハ橢圓形ニシテ毛ナク花瓣ハ橢圓ニシテ短カキ柄ヲ有ス。 花托ハ平タク雄蕊ハ花托ノ中ニアル凹所ヨリ發ス。其數八個、 雄花ニアリテハ完全ニ發達スレドモ雌花ニアリテハ單ニ其形ヲ具フルノミニテ用ヲナサズ。 子房ハ雄花ニアリテハ退化シテ小トナリ用ヲナサズ花柱ハ半バ以上分叉ス。 翅果ハ無毛ニシテ長サ基脚ヨリ 2.5-3 珊アリ翅ハ殆ンド直角ニ開ク。

全道ノ山地森林ニ生ジ良材ヲ生ズ、 歪ミヲ生ジ易キヲ以テ上等ノ家屋ニハ用ヰ難シ。

國外ニアリテハ滿洲、黑龍江流域、 北支那ニモ生ジ樺太、 北海道、 本島、四國、九州ニモ生ズ。

智異山ニアリテハ早春樹幹ノ基部ヲ傷ケ液汁ヲ採リ藥水トシテ參詣者ニ供ス、 楓樹科中ニアリテハさたうかへで二次デ糖分ニ富ム。

次ノ二變種ヲ區別シ得。

1. をにいたや、(第拾貳圖 5.)

葉形ハ基本種ニ同ジケレドモ葉裏ニ密毛生ズ。

2. いとまきかへで。

葉形基本種ニ似タレドモ七叉ノ葉最モ多シ。

此等二變種何レモ基本種ト混ジテ生ジ內地ニモアリ。

10. Acer pictum, Thunb. var. Mono.

(Maxim.) Korsch. in Act. Hort. Petrop. XII. (1892) p. 318. Pax in Engl. Bot. Jahrb. VII. (1886) p. 236. Rehd. in Trees & Shrubs I. p. 177. Nakai. Fl. Kor. p. I. 133. p. p.

A. Mono, Maxim. in Bull. Phys-Math. Acad. Petersb. XV. p. 126. Prim. Fl. Amur. p. 68. Regel Tent. Fl. Uss. n. 107. Rupr. in Mél. Biol. II. p. 523. Fr. Schmidt Amg. n. 80. Sachal. n. 95. Kom. Fl. Mansh. II. p. 730.

A. pictum var. r. maxim Mél. Biol. X. (1880). p. 600.

A. pictum (non Thnnb.) Baker et Moore in Journ. Linn. Soe. XVII. p. 38. Fran. Pl. Dav. p. 77. Forbes et Hemsl. in Journ. Linn. Soe. XXIII. p. 141.

A. lætum, C. A. Mey. var. parviflorum (non C. A. Mey.) Regel in Bull. Phys-Math. Acad. Petrop. XII. p. 219.

A. pictum Thunb. var. 2. typicum, Graf. v. Schw. subvar. 2. Mono, Pax Acerac p. 47. Nakai Fl. Kor. II. p. 462. Koidz. Rev. Acer. p. 62.

A. pictum, Thunb. var. parviflorum, C. K. Schneid. Illus. Handb. Laubholzk. II. (1907) p. 225 (non C. A. Mey.)

Arbor usque 10 metralis. Cortex cinerea. Ramus juvenilis glaber viridis. Cataphylla usque 2 cm longa, intus glabra, extus sericea. Folia in auctumno flavescentia, longe petiolata vulgo 5-loba et 3-loba v. rarius 7-loba immixta, lobis ovato-acuminatis, lobis foliorum e ramis lateralibus vulgo grosse-serratis, e ramis adultis integerrimis v. leviter repandatis, supra glabris infra secus costam pubescentia v. puberula, demum puberula v. glabra, petiolis primo basi pubes- centibus sed demum glabrescentibus. Flores corymboso-paniculati prematuri, glaberrimi et flavi. Calyx oblongus 2.5 mm longus obtusus glaber. Petala breviter unguiculata elliptica 3–3.5 mm longa. Stamina 8. Antheræ flavæ 1 mm longæ ovatæ. Styli bifidi recurvi. Ovarium in flore ☿ abortivum. Samaræ fere angulo recto patentes glaberrimæ, a basi ovarii ad apicem alæ 2.5–3 cm longæ.

Nom. Vern. Korosainam v. Shinnam.

Habitat in montibus et silvis Peninsulæ Coreanæ, nec non insulæ Quelpaertensis.

Distr. Nippon, Yeso, Sachalin, Manshuria, Amur, 'Shikoku, Kiusiu et China bor.

var. **Paxii,** Graf. v. Schw. in Gartenfl. XLII (1893) p. 458.

Folia vulgo 5-lobata, sed 3-loba et 7-loba immixta, adulta subtus pilosissima. Cet. ut antea.

Habitat in montibus Coreæ australis.

Distr. Nippon.

var. **Savatieri,** Pax in Engl. Bot. Jabrb. VII (1886) p. 236.

A. pictum, Thunb. v. typicum, Graf. v. Schw. subvar. 3. Savatieri, Pax Acerac. p. 47. Nakai Fl. Kor. II. p. 463. Koidz. Rev. p. 63. fig. 7.

A. truncatum (non Bunge) Fran. et Sav. Enum. Pl. Jap. I. (1875)

p. 87. II. (1879) p. 320.

Folia vulgo 7-loba, sed 3–5 loba immixta, subtus secus costam pilosa v. glabrescentia. Alæ samaræ recto v. obtuæ divergentes. Cet. tu antea.

Habitat in montibus Coreæ.

Distr. Yeso et Nippon.

11. ま ん し う う り は だ

(第 拾 參 圖)

喬木高キ十二米突ニ達ス。 樹膚ハ綠色又ハ綠灰色、若枝ハ綠色無毛、葉ハ長キ葉柄ヲ有ス。 葉身ハ外形倒卵形又ハ倒卵狀圓形淺キ三裂片アリ裂片ハ著シク尖ル、葉ノ基脚ハ截形又ハ圓形上面ハ綠色無毛、裏面ハ淡綠色、同ジク毛ナシ。 邊緣ニハ小ナル複鋸齒アリ。 花ハ雌雄異株、枝ノ先端ニ總狀ヲナス、無毛ナリ。萼ハ廣披針狀、先端丸ク、長サ2.5ミリ、花瓣ハ黃色ニシテ長キ倒卵形ニシテ3乃至3.5ミリ、翅果ハ無毛ニシテ基脚ヨリ翅ノ先端迄長サ3珊アリ。 子房ノ長サ1.3珊、翅ハ橢圓形又ハ匙狀ノ橢圓形ニシテ鈍角ニ開ク。

材質中等ナリ。

中部以北ノ山地森林ニ生ジ國外ニアリテ滿洲ニ生ズ。

11. Acer tegmentosum, Maxim.

In Bull. Acad. St. Pétersb. XV. (1856) p. 125. Mél. Biol. X. (1880) p. 597. Rupr. in Mél, Biol. II. p. 521. Regel Tent. Fl. Uss. n. 105. Nichols. in Gard. Chron. (1881) p. 74 fig. 13. Korsch. in Act. Hort. Petrop. XII. p. 317. Pax in Engl. Bot. Jabrb. VII (1886) p. 246, Acerac. p. 68. C. K. Schneid. Illus. Handb. Laubholzk. II. p. 238. f. 163. d—e. f. 164 f. Rehd. in Trees & Shrubs I. p. 181. Naka Fl. Kor. I. p. 135.

A. pensylvanicum, v. tegmentosum, Wesm. in Bull. Soc. Bot, Belg. XXIX. (1890) p. 82.

Arbor usque 12 metralis. Cortex viridis. Ramus viridis glaber. Cataphylla magna extus villosa intus glabra. Folia longe petiolata. Lamina ambitu obovata v. obovato-rotundata brevissime 3-5 lobata, lobis acuminatis, basi truncata v. leviter cordata v. rotundata, supra viridia infra pallidiora, margine minute duplicato-serrata glaberrima, Inflorescentia terminali-racemosa elongata pendula glaberrima. Flores dioici diametro 7 mm. viridi-flavi. Bractea linearis minuta caduca. Sepala lanceolata obtusa 2.5 mm longa. Petala flava oblongo-obovata 3–3.5 mm longa. Samara glaberrima a basi ovarii ad apicem alæ usque 3 cm. longa. Ovarium 1.3 cm. longum. Alæ oblongæ v. spatulato-oblongæ subhorizontali-patentes.

Habitat in silvis montium Coreæ mediæ et septentrionalis.

Distr. Manshuria.

12. てふせんみねかへで

(第 拾 四 圖)

灌木又ハ小喬木、枝ハ細ク若キ時ハ帶紅色ナリ。 樹膚ハ暗灰色、葉柄短カク帶紅色平滑ナリ。 葉ノ外形ハ卵形又ハ圓形ニシテ三叉又ハ五叉シ裂片ハ卵形ニシテ長ク尖ル。 上面平滑ニシテ下面ハ主脈ニ沿フテ毛アリ特ニ主脈ノ交叉點ニハ褐毛生ズ。 邊緣ニハ複鋸齒アリ雌雄異株、萼片ハ匙狀ニシテ長サ 3 ミリ、花瓣ハ細長キ匙狀ナリ。 黃色、雄蕋八個、葯ハ黃色球形又ハ廣卵形ニシテ先端ニ著明ナル突起アリ。 花托ハ平盤狀ニシテ雄蕋ノ內側ニ位ス。 子房ハ紅色ナリ、花柱ハ二叉シ先端反轉ス。 翅果ハ基脚ヨリ其ノ先端迄 1.5 珊アリ平滑ナリ。 翅ハ槪ソ鈍角ニ展開ス。

朝鮮北部ノ森林ニ生ジ內地みねかへでニ似タレドモ葉ハ稍長ク刻裂淺ク、葯ハ丸ク花稍小ナル故區別シ得。

大木ナリ樹幹ハ用材トシテ價值ナシ、葉ノ紅葉美シ。

國外ニアリテハ滿洲ニ生ズ。

12. Acer Tschonoskii, Maxim. var. rubripes, Kom.

Fl. Mansh. II. (1904) p. 736.

Frutex v. arbuscula. Ramus gracilis, juvenilis rubescens. Cortex grisea. Cataphylla anguste oblonga glabra margine crispulo-ciliata. Folia pedicellis gracilibus rubris glabris, ambitu rotundata v. ovata 3–5 lobata, lobis ovatis longe acuminatis duplicato-incumbente-serratis, supra viridia glaberrima, infra pallida, in axillis venæ rufo-barbata. Inflorescentia terminali-racemosa. Flores dioici. Sepala spathulata 3 mm longa. Petala spathulato-oblonga basi breviter unguiculata flava. Stamina 8, antheris rotundatis v. ovato-rotundatis flavis distincte apiculatis. Discus intrastaminalis. Ovarium rubrum. Styli bifidi recurvi. Samara a basi ovarii ad apicem alæ 1.5 cm longa glaberrima. Alæ obtuse divergentes.

Differt a typo, foliis breviter incisis, lobis longioribus, floribus minoribus, antheris rotundatis v. ovato-rotundatis longius apiculatis.

Habitat in silvis Coreæ septentrionalis.

Distr. Manshuria.

13.　てふせんあさのはかへで

（第 拾 五 圖）

灌木又ハ喬木高サ三米突乃至五米突、樹膚ハ帶灰色、 若枝ハ微小ナル毛生ズ。 葉ハ長キ葉柄ヲ有シ。葉柄ノ上面ニハ淺キ溝アリ基脚ト先端トハ太マル、葉身ノ外形ハ卵形又ハ廣卵形又ハ圓形ニシテ長サ3乃至19珊、三叉又ハ五叉ス。裂片ハ先端ノモノ最大ニシテ何レモ兩側ニ疎ナル複鋸齒アリ若葉ハ上面微毛アリ裏面ハ一面ニモアリ。老成スルニ從ヒ上面ノ毛ハ脫落シ裏面ハ唯主脈ニ沿ヒテノミ毛アリ。雌雄異株、雄花ハ枝ノ側方ニ出デテ下垂ス。 萼、花瓣共ニ四個宛、雄蕋四個、花托ハ雄蕋ノ內側ニアリ。雌花ハ若枝ニ總狀ヲナシテ出デ萼、花瓣共ニ五個宛ナリ。 翅果ハ無毛ニシテ翅ハ直角又ハ鈍角ニ開ク。花ハ早春開キ秋期實ヲ結ブ。

朝鮮ノ中部、北部ノ山地森林ニ生ジ。 材幹良好ナラズ。

國外ニアリテハ滿洲ノ東部、南部ニ生ズ。

智異山千米突ヨリ千五百米突邊ニ生ズルモノハ本種ニ似タレドモ毛少ク葉老成スレバ裏面葉脈ニ僅カニ毛アルカ又ハ全然毛ヲ失フ此レ一變種ナリ。

13. **Acer barbinerve**. Maxim.

In Mél. Biol. VI (1867) p. 369. X. (1880) p. 393. Pax in Engl. Bot. Jabrb. VII. (1886) p. 252. Acerac. p. 72. Rehd. Trees & Shrubs I. p. 173. p. 181. Pl. LXXXVI. Nakai Fl. Kor. I. p. 135. Schneid. Illus. Handb. Laubholzk. II. p. 245 fig. 169. d. fig. 170. e—g.

A. diabolicum, subsp. brabinerve, Wesmæl in Bull. Soc. Bot. Belg. XXIX (1890) p. 63.

Frutex v. arbor 3–4 metralis. Cortex cinereo-virescens. Ramus juvenilis adpressissime albo-ciliolatus. Folia longe-petiolata, petiolis gracilibus, supra leviter sulcatis basi et apice incrassatis. Lamina ambitu ovata, late ovata v. rotundata 3–19 cm. longa 3–5 lobata, junior supra puberula infra pubescens et secus venas et præcipue in axillis venæ dense pubescens, lobis summis maximis utrinque grosse mucronato duplicatoque serratis, baseos minimis, omnibus candato-acuminatis. Inflorescentia pauciflora. Flores dioici. Flos ☿ in gemma laterale oligomerus, ♀ ad apicem rami hornotini terminalis. Sepala oblonga. Petala flava spathulata sepalis longiora. Stamina 4. Discus intrastaminalis. Styli bifidi. Fructus glaberrimus. Alæ angulo recto v. obtuso divergentes, dorso arcuatæ lineari-oblongæ v. oblongæ v. spathulato-oblongæ. Ovarium maturatum conspicue rugosum.

Habitat in montibus Coreæ septentrionalis et mediæ.

Distr. Manshuria orientalis et australis.

var. **glabrescens,** Nakai var. nov.

Folia ab initio puberula, demum præter venas puberulas glabrescentia v. toto glaberrima. Alæ samaræ leviter latiores quam in typo.

Habitat in montibus Chirisan, 1000 m usque 1500 m.

Planta endemica!

第　壹　圖

をがらばな

Acer ukurunduense, Trautv. et Mey.

1. 果實ヲ附ケタル枝(自然大).　　2. 雄花(擴大)
3. 無瓣ノ雌花(擴大).

第 壹 圖

Iakai. T. et Kamibayashi. S.

K. Nakazawa. sculp

1

2

3

第 貳 圖

からこぎかへで

Acer Ginnala, Maxim.

1. 枝ノ一部（自然大）.　　2. 雄花（擴大）.

3. 雌花（擴大）.

Nakai.T. et Kamibayashi.S.

F. Fujisawa sculp.

第 参 圖

てふせんやまもみぢ

Acer palmatum, Thunb. v. coreanum, Nakai.

1. 果實ヲ附ケタル枝.　　2. 花ヲ附ケタル枝(1. 2 共ニ自然大).

3. 雄花.　　4. 雄蕊ナキ雌花.

5. 雄蕊アル雌花.　　6. 雄蕊ノ全形.

7. 雄花中ノ雌蕊.　　8. 子房ノ縦斷面(3-8 ハ何レモ擴大).

第　参　圖

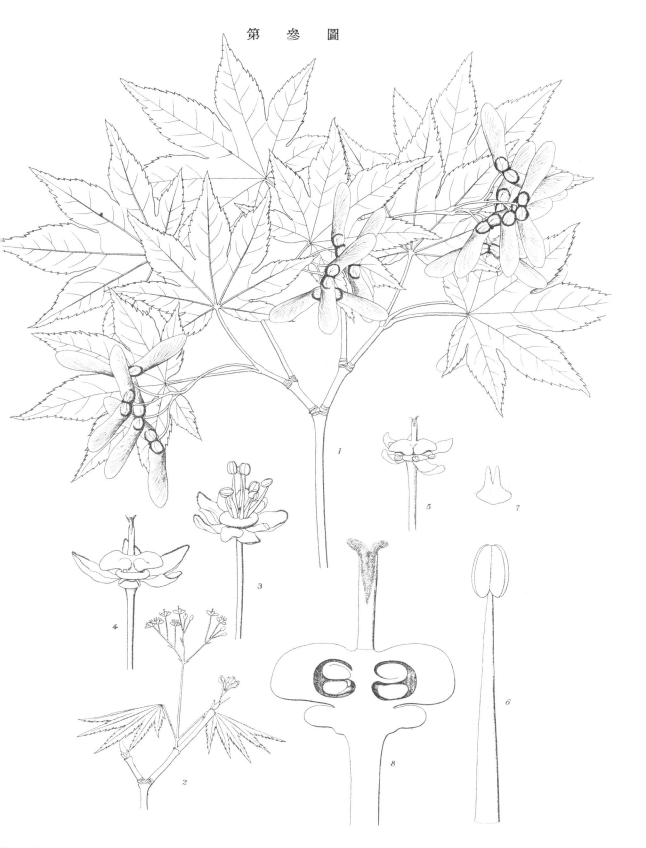

Nakai.T.et Kamibayashi.S.

F.Fujisawa sculp.

第 四 圖

てふせんはうちは

Acer Pseudo-Sieboldianum, Kom.

1.　果實ヲ附ケタル枝（自然大）.　　2.　雄花（擴大）.
3.　雌花（擴大）.

l. Nakai. T. et Kamibayashi. S.

K. Nakazawa. sculp.

第　五　圖

てふせんはうちはノ一種

Acer Pseudo-Sieboldianum, Kom. var. koreanum, Nakai.

果實ヲ附ケタル枝(自然大).

第 五 圖

第 六 圖

てふせんはうちはノ一種

Acer Pseudo-Sieboldionum, Kom. var macrocarpum, Nakai.

果實ヲ附ケタル枝（自然大）

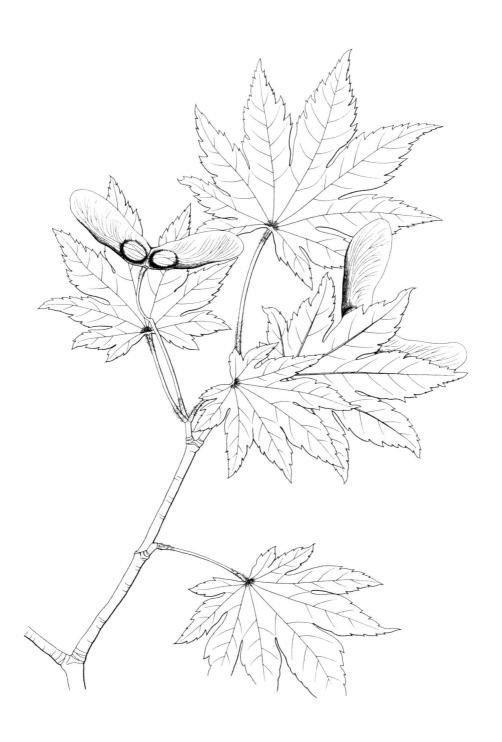

Nakai. T. et Kamibayashi. S.

F. Fujisawa sculp.

第　七　圖

をきのはうちは

Acer Okamotoi, Nakai.

果實ヲ附ケタル枝（自然大）.

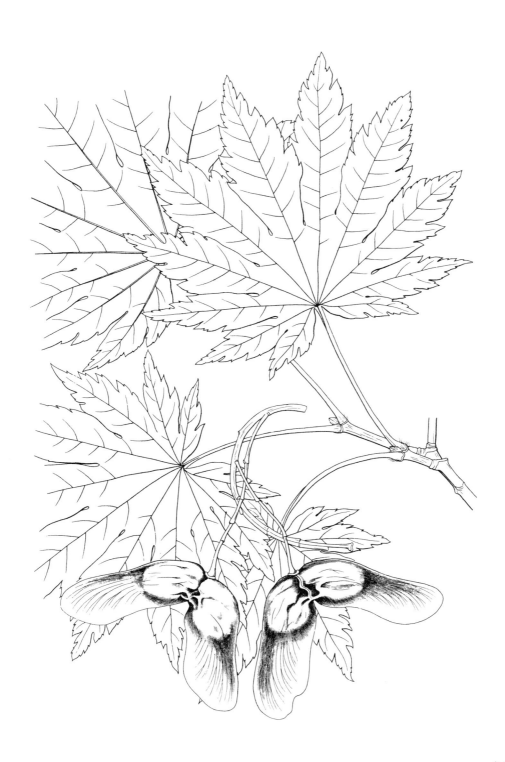

Nakai.T.et Kamibayashi.S.

F.Fujisawa sculp.

第 八 圖

くはがたはうちは

Acer nudicarpum, Nakai.

1. 果實ヲ附ケタル枝（自然大）.
2. 果實（自然大）.

Nakai. T. et Kamibayashi. S.

F. Fujisawa scu

第 九 圖

をくのはうちは

Acer Ishidoyanum, Nakai.

果實ヲ附ケタル枝（自然大）.

l. Nakai. T. et Kamibayashi. S.

K. Nakazawa. sculp.

第　拾　圖

まんしうかへで

Acer mandshuricum, Maxim.

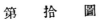

第　拾　圖

el. Nakai. T. et Kamibayashi. S.

K. Nakazawa. sculp.

第　拾　壹　圖

おにめぐすり

Acer triflorum, Kom.

果實ヲ附ケタル枝（自然大）.

. Nakai. T. et Kamibayashi. S.

K. Nakazawa. sculp.

第 拾 貳 圖

(1–4) いたやかへで

Acer pictum, Thunb. v. Mono, Maxim.

(5) をにいたや

Aecr pictnm, Thunb. v. Paxii, Graf. v. Schw.

1. 果實ヲ附ケタル枝（自然大）. 　　2. 花ヲ附ケタル枝（自然大）.

3. 雄花（擴大）. 　　4. 雌花（擴大）.

5. をにいたやノ葉ヲ裏面ヨリ見ル（自然大）.

Nakai.T.et Kamibayashi.S.

F.Fujisawa sculp

第 拾 参 圖

まんしううりはだ

Acer tegmentosum, Maxim.

1. 果實ヲ附ケタル枝（自然大）.
2. 雄花（擴大）.

1

2

el. Nakai. T. et Kamibayashi. S.

F. Fujisawa sculp.

第 拾 四 圖

てふせんみねかへで

Acer Tschonoskii, Maxim, var. rubripes, Kom.

1. 果實ヲ附ケタル枝(自然大).　　2. 葉ヲ裏ヨリ見ル(自然大).

3. 雄花(擴大).　　　　　　　　4. 雌花(擴大).

5. 雄蕋(擴大).

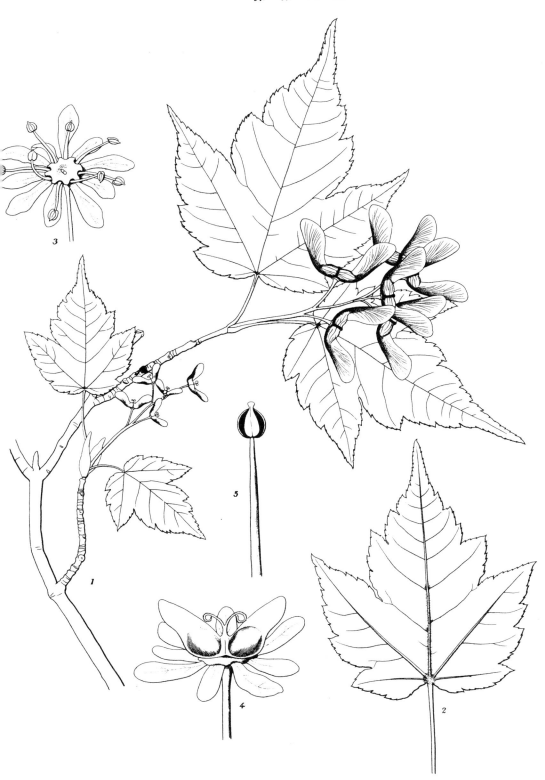

akai.T. et Kamibayashi.S.

F. Fujisawa sculp.

第　拾　五　圖

てふせんあさのはかへで

Acer barbinerve, Maxim.

1.　果實ヲ附ケタル枝(自然大).　　　　2.　雄花ヲ附ケタル枝(自然大).

3.　雄花(擴大).　　　　　　　　　　4.　雌花(擴大).

kai, T. et Kamibayashi, S.

K. Nakazawa, sculp.

朝鮮森林植物編

2輯

樺 木 科　BETULACEAE

目次　Contents

樺木科

BETULACEAE

（一） 主 要 ナ ル 引 用 書 類

著　者	書　名
P. S. Pallas.	Flora Rossica I. (1784) p. 60–64. tab. XXXIX—XL.
A. Chamisso.	Linnæa vi (1831) p. 536–538.
C. F. Ledebour.	Flora Rossica. III. (1846–1851). p. 649–658.
E. R. Trautvetter.	C. J. Maximowicz. Primitiæ Floræ Amurensis (1859) p. 249–258.
E. Regel.	De Candolle. Prodromus Systematis Universalis Regni Vegetabilis, Pars. XVI. ii (1861) p. 161–189.
C. J. Maximowicz.	Mélanges Biologiques. XI. (1881) p. 310–319.
Bentham et J. D. Hooker.	Genera Plantarum. III. (1883) p. 404–407.
C. J. Blume.	Museum Botanicum Lugduno-Batavum. I. nr. 20. (1850) p. 307–310.
K. Prantl.	Die Natürlichen Pflanzenfamilien. III. i. (1894) p. 38–46.
C. S. Sargent.	Forest ,Flora of Japan. (1864) p. 60–66.
M. Shirai.	Japanese Species of Betula, (Tokyo Botanical Magazine VII. (1894) p. 317–322.
N. L. Britton and A. Brown.	An Illustrated Flora of the Northern United States, Canada and The British Possessions. I. (1896) p. 506–513.
J. Palibin.	Consectus Floræ Koreæ. II. (1900) p. 48–49.
I. H. Burkill.	Journal of Linnæan Society XXVI. (1902) p. 496–505.
J. Matsumura.	Revisio Alni specierum Japonicarum. (1902) p. 1–15. cum tab.

V. Komarov.	Flora Manshuriæ. II. p. 38–68.
H. Winkler.	Betulaceæ in Engler Das Pflanzenreich. IV. 61. (1904) p. 1–149.
C. K. Schneider.	Illustriertes Handbuch der Laubholzkunde I. (1906) p. 96–150. II. (1912) p. 881–897.
A. Callier.	Diagnoses formarum novarum generis Alnus. in Fedde Repertorium specierum novarum regni vegetabilis X. (1911) p. 225–237.
T. Nakai.	Flora Koreana II. (1911) p. 201–206.
理學博士　松　村　任　三	帝國植物名鑑第二卷第二部、一六――二二頁。
林學博士　白　澤　保　美	日本森林樹木圖譜第一卷。

（二）　朝鮮産樺木科植物研究ノ歴史

朝鮮産ノ樺木科植物ニ就イテ最モ早ク記述セルハ西暦1900年露國ノ Jwan Palibin 氏ガ Acta Horti Petropolitani 第十八卷ニ Betula davurica, Alnus incana var. glauca, Alnus maritima var. japonica, Carpinus cordata var. chinensis, Carpinus laxiflora, Corylus heterophylla ノ四屬六種ヲ記載セルニ始マル。次デ現印度カルカッタ博物館在勤ノ英人 Isaac Henry Burkill 氏ハ西暦 1902 年 Journal of Linnæan Society 第二十六卷ニ Alnus maritima var. japonica, Corylus heterophylla ノ二種ヲ擧グ 1904 年ニハ露ノ V. Komarov 氏ハ其著 Flora Manshuriæ 第二卷ニ北韓産トシテ Betula chinensis, Betula Ermani, Betula fruticosa, Betula Schmidtii, Alnus hirsuta, Alnus fruticosa var. manshurica, Carpinus cordata ノ三屬七種ヲ記シ、同年獨ノ Hubert Winkler 氏ハ全世界ノ樺木科ニ就テノ研究ヲ Das Pflanzenreich ニ載セシガ、其中ニハ朝鮮産トシテ、Carpinus cordata, Corylus heterophylla. Corylus rostrata var. manshurica, Betula chinensis, Betula chinensis var. angusticarpa, Betula dahurica, Betula Rosæ, Alnus japonica ノ四屬七種一變種アリ。 1906 年獨ノ Camillo Karl Schneider 氏ハ Illustriertes Handbuch der Laubholzkunde 第一卷ヲ著ハシ其中ニ朝鮮産トシテ Alnus fruticosa var. mandshurica, Carpinus cordata, Corylus

heterophylla ノ三種ヲ戴セ 1912 年版ノ第二巻ニハ第一巻ノ補遺中ニ更ニ
Betula chinensis, Betula Rosæ, Carpinus laxiflora ノ三種ヲ加ヘタリ。
1908年余ハ現營林廠庶務課長今川唯市氏ガ滿韓ニテ採收セラレシ樹木類ヲ
檢シ東京植物學雜誌ニ Plantæ Imagawanæ ト題シテ記述セル中ニ本科ニ
屬スル朝鮮植物トシテ Corylus mandshurica, Betula alba subsp. lati-
folia, Betula davurica ノ三種ヲ舉ゲ 1912 年更ニ Flora Koreana 第二
卷ヲ表ハシ其中ニ Betula Ermani, Betula Schmidtii, Betula chinensis,
Betula chinensis var. angusticarpa, Betula japonica var. mand-
shurica, Betula japonica var. Tauschii, Betula davurica, Betula
fruticosa. Alnus incana var. sibirica, Alnus incana var. hirsuta,
Alnus fruticosa, Alnus japonica, Carpinus cordata, Carpinus
laxiflora, Corylus heterophylla, Corylus mandshurica ノ十一種五變
種ヲ列記セリ。 同年獨ノ Alfons Callier 氏ハはんのきノ一變種 var.
koreana, Call. ヲ Fedde 氏ノ Repertorium specierum novarun regni
vegetabilis 第十卷ニ記述シ又余ハ佛ノ宣敎師 Urb. Faurie 氏採收ノ濟州
島產しで類ヲ檢シテ一新種ヲ發見シ Carpinus Fauriei, Nakai ト命ジ東
京植物學雜誌ニ記述セリ。 昨年余ハ朝鮮總督府ノ命ヲ受ケテ濟州島ニ渡リ
親シク其植物ヲ採收シ又同島靜義郡烘爐ニアル佛宣敎師 Taquet 氏ガ採レ
ル六千有餘ノ標本ヲ檢シ更ニ莞島、智異山ヲ踏破シ、 白羊山ニ探リ尙ホ京
畿道光陵ヲ視察セル結果現ニ朝鮮產トシテ明ニ左ノ諸種ヲ認ムルヲ得タリ。

1. Betula chinensis, Max.
2. Betula chinensis, Max. var. angusticarpa, H. Winkler.
3. Betula costata, Trautv.
4. Betula davurica, Pall.
5. Betula Ermani, Cham.
6. Betula fruticosa, Pall.
7. Betula mandshurica (Regel) Nakai.
8. Betula Saitoana, Nakai.
9. Betula Schmidtii, Regel.
10. Alnus fruticosa, Rupr. var. mandshurica, Call.
11. Alnus japonica, Sieb. et Zucc.
12. Alnus japonica, Sieb. et Zucc. var. koreana, Call.
13. Alnus sibirica, Fischer.
14. Carpinus cordata, Blume.
15. Carpinus eximia, Nakai.

16. Carpinus Fauriei, Nakai.
17. Carpinus laxiflora, Bl.
18. Carpinus Paxii. H. Winkler.
19. Carpinus Tschonoskii, Max.
20. Cardinus Fargesiana, H. Winkler.
21. Ostrya japonica, Sarg.
22. Corylus hallaisanensis, Nakai.
23. Corylus heterophylla, Fischer.
24. Corylus mandshurica, Maxim.
25. Corylus Sieboldiana, Blume.
26. Corylus Sieboldiana. Blume var. mitis (Max.) Nakai.

　尙ホ此外ニ

　　Alnus sibirica, Fischer var. hirsuta (Turcz.) Nakai.
　　Betula japonica Sieb.
　　Betula Rosæ, H. Winkler.

ノ三種アレドモ標品不完全ナルヲ以テ本圖説ニ加ヘズ。

(三)　朝鮮ニ於ケル樺木科植物分布ノ概況

(1)　かんば屬 Betula.

かんば屬ハ北地性ノモノナルヲ以テ中部以北ニ其種類多シ「ひめをのをれ」
(Betula fruticosa) ハ北部特ニ白頭山麓地方ニ生ジ灌木狀ヲナス、「まん
しうしらかんば」(Betula mandshurica)「こをのをれ」(Betula davurica)
「しなかんば」(Betula chinensis)「てふせんみねばり」(Betula costata)
「をのをれ」(Betula Schmidtii) 等ハ中部以北ノ地ニアリテハ主要ナル森
林樹木ナリ。 南部ニ至レバ其種類少ナク智異山ノ如キ大山系ニ於テモ其種
類ハ僅カニ「えぞのだけかんば」(Betula Ermani),「てふせんみねばり」
「をのをれ」ノ三種ニ限ラレ「をのをれ」ハ下テ七〇〇米突迄ニ達スレドモ他
ノ二種ハ千二〇〇米突以上ニ非レバ生ゼズ、濟州島ニ至レバ漢拏ノ山巓一
五〇〇米突以上ニ至リ始メテ「えぞのだけかんば」ヲ見ル。
本屬中朝鮮ノ特産品トスベキモノ二種アリ。 一ハ Hubert Winkler 氏ガ
記述セル Betula Rosæ ニシテ江原道ノ産ナリ。 余ハ本種ハ Betula
davurica ノ個體的差異アルモノニ命ゼシモノト考フ。他ノ一種ハ漢拏山上
並ニ智異山ノ最高峯天王峯上ニ稀ニ生ズル灌木ニシテ余ハ 山林課長齋藤音
作氏ノ功ヲ記念センガ爲メ Betula Saitoana「ちやぼだけかんば」ト命名セ

リ。 本種ハ「えぞのだけかんば」ニ似タレドモ枝ハ一層分岐多ク、丈低ク果實群小ナリ。

(2) はんのき屬 **Alnus**.

「はんのき」(Alnus japonica) ハ平北、咸南、咸北ノ北部ヲ除ク外至ル所ノ丘陵溪畔ニ生ジ南部ニアリテハ全羅南道谷城附近ニモ及ブ、中ニ毛ノ多キ種類アリ是レ Callier 氏ガ var. koreana ト命ゼシ一種ナリ、「しべりあはんのき」(Alnus sibirica) ハ中部以北ニアリテハ山林樹木トシテ普通ナルモノナリ。 其狀內地產ノ「やまはんのき」ニ類スレドモ葉幅一層廣ク、果實群著シク大ナリ。 南限ハ智異山系ニシテ七〇〇乃至 八〇〇米突 以 上ニ生ズ。「まんしうはんのき」(Alnus fruticosa var. mandshurica) ハ灌木ニシテ北部ノ山地ニノミ生ズ。

(3) しで屬 **Carpinus**.

朝鮮產ノしで類中分布ノ廣キハ「さはしば」「Carpinus cordata)ナリ。 從テ個體的差異モ多シ、其中葉稍大ニ且毛ノ多キハ var. chinensis ノ目アレドモ特ニ變種トシテ分ツ程ノモノニ非ズ、樹ハ相當ノ大サニ達シ往々森林ノ主要樹トナル。平安道ヨリ濟州島ニ至ル迄アリ。 北地ニテハ平地ニ近キ所ノ樹林ニ生ズレドモ南漸スルニ從ヒ高ク登リ濟州島ニテハ 三〇〇〇乃至 四〇〇〇尺ノ邊ニ生ズ。「あかしで」(Carpinus laxiflora) ハ南部ニ偏シ黃海道以南ニ見ル。 大木トナリ主要樹種ノ一ナリ。「いぬしで」(Carpinus Tschonoskii) ハ「あかしで」トホボ其分布ヲ同フス。 之レ又大木トナル。「たういぬしで」(Carpinus Fargesiana) ハ「いぬしで」ト混ジテ生ズレドモ稀ナリ。「こしで」(Carpinus Paxii) ハ南部ニ多ク莞島、甫吉島、濟州島ニアリテハ稀ナラズ山上山下共ニ生ズ。

朝鮮ニ特有ナル二種ノ「しで」アリ。 一ハ「さいしういぬしで」 (Carpinus Fauriei) ニシテ濟州島ノミニ生ジ、其形狀「いぬしで」ニ類スレドモ葉狹ク雌花穗ノ狀ヲ異ニス。「いぬしで「あかしで」ト共ニ濟州島椎茸栽培ノ主要樹タリ。 他ノ一ハ余ガ智異山ノ西端泉檼寺附近ニテ發見セル「おほいぬしで」(Carpinus eximia) ナリ、「いぬしで」ヨリ一層廣ク擴ガリ、果實群特ニ見事ナリ。

(4) はしばみ屬 **Corylus**.

最モ分布ノ廣キハ「おほつのはしばみ」(Corylus mandshurica) ト「てふせんはしばみ」(Corylus heterophylla) トナリ。 兩者ハ共ニ半島ノ各地ニアリテ灌木林又ハ下木トシテ生ズ、「つのはしばみ」(Corylus Sieboldiana) ト「こつのはしばみ」(Corylus Sieboldiana var. mitis) トハ未ダ余ガ智異山ニ於テ發見セシノミ。 兩者共同山系ノ一〇〇〇乃至一三〇〇米突邊ニア

リテ普通ナル樹種ナリ。濟州島ニハ一種同島特産ノモノアリ。余が「つぼはしばみ」(Corylus hallaisanensis) ト命ゼシ所ノモノニシテ果實ノ形狀西洋ノ壼狀ナル事恰モ高加索産ノ Corylus colchica ニ似タリ、漢拏山八〇〇乃至一〇〇〇米突邊ニ最モ多シ。

(5) あさだ屬 Ostrya.

「あさだ」(Ostrya japonica) ノ一種アルノミ、シカモ稀ニ生ジ主要樹ト云フヲ得ズ、南部ノ産ニシテ莞島、濟州島ニテ發見セルノミ。

(四) 朝鮮樺木科植物ノ効用

皆木本植物ナル上ニ喬木多ク良材ニ富ミ材用植物トシヲ最モ重要ナルモノノ一ナリ。材ハ薪炭ニ用フレバ優良ナル事楢類ニ亞グ、特ニ「はんのき」類、「かんば」類ニ於テ然リ、「しで」類ハ薪炭ノ外器具ヲ作ルニ適シ又建築用トモナル、濟州島ニアリテハ椎茸培栽ニ缺クベカラザルモノナリ。「はんのき」類ハ木炭トスレバ黒色火藥ノ原料トモナル、果實ハ網ヲ染ムルニ適ス。皆根ニ根瘤バクテリアヲ宿シ土壌中ノ遊離窒素ヲ同化スルヲ以テ瘦地ノ殖林ニ適ス。現ニ山林課ニ於テ赤松ト併用シテ奏効的確ナルハ此理ニ由ル、「かんば」類ニハ春季發芽前根ニ貯藏セル養分ノ上昇ニ伴ヒ多量ノ水分ヲ吸收スルモノアリ、其性ヲ利用シ其材ヲ傷ケテ水ヲ採リ飲用ニス、智異山ノ寺僧ガ藥水トシテ飲マシムルモノノ中本科ニ屬スルハ「えぞのだけかんば」ヨリセルナリ、「ばしばみ」類ハ皆灌木ナルヲ以テ薪トナスカ又ハ杖、傘ノ柄等ノ細工物ニノミ用キラル、「てふせんはしばみ」ノ實ハ食用トスベシ。「かんば類」ノ材ハ緻密ナルヲ以テ椀、盆等ノ刮物ヲ作ルニ適シ。「えぞのだけかんば」「こをのをれ」「てふせんみねばり」「まんしうしらかんば」ノ如キ白樺狀ノ皮ヲ有スルモノハ其皮ヲ松火ニ用キルルニヨシ。

(五) 朝鮮産樺木科植物ノ分類ト各種ノ圖說

樺　木　科

Betulaceæ

（甲）　族名、亞族名ノ檢索表

A. 雄花ニハ花被アリ、雌花ニハ花被ナシ。

　a) 雄花ノ花被ハ四個(退化シテ三個トモナル)。雄蕋ハ各花被ニ相對シテ一本宛生ジ花糸ハ分岐セズ、葯ハ二室、雌花ハ各二個宛相並ビテ生ズ。
　　…………………………………はんのき族。

b) 雄花ノ花被ハ四個（退化シテ三個トモナル）。 雄蕋ハ二本、花被ニ相對シテ生ジ。 花糸ハ分岐ス、葯ハ一室、雌花ハ各三個宛相並ビテ生ズ。

.............................かんば族。

B. 雄花ニハ花被ナシ、雌花ニハ花被アリ。

a) 雄花ニハ兩側ニ各一個ノ小苞アリ、果皮ハ堅實、果實ハ大ナリ。

.............................はしばみ族。

b) 雄花ニハ小苞ナシ、果皮ハウスク、果實ハ小ナリ。

.............................し　で　族。

Conspectus tribunm et subtribunm.

A. Flores ♀ perigonio nullo. Flores ☿ cum perigonio.

a) Flos ☿ cum tepalis 4. Stamina tepala opposita. Filamenta indivisa. Antheræ biloculares. Flos ♀ in quisque bracteis 2.

.................Alneæ, Nakai. nov. trib.

b) Flos ☿ cum tepalis 4. Stamina 2. Filamenta bifida. Antheræ uniloculares. Flos ♀ in quisque bracteis 3.

.................Betuleæ, Döll. sensu div.

B. Flos ♀ cum perigonio. Flos ☿ perigonio nullo.

.............................Coryleæ, Meisn.

a) Flos ☿ cum prophyllis. Testa fructuum crassiuscula. Fructus parvus.

.................Trib. 2. Carpineæ. Döll.

（乙）　屬名檢索表 Conspectus generum.

1 { 雄花ニハ花被ナシ、雌花ニハ花被アリテ子房ヲ包ム.............2.
{ 雄花ニハ花被アリ。 雌花ニハ花被ナシ.................4.

2 { 雌花ハ穗狀花序ヲナシ。 一苞ニ二個宛生ズ各花ニハ三個ノ相癒合スル小苞ヲ有シ此小苞ハ花後著大トナル ....3.
{ 雌花ハ殆ンド頭狀ヲナセル穗ヲナス。 一苞ニ二個宛相並ビテ生ジ各花ニ三個ノ互ニ相癒合セル小苞アリ。 此苞ハ花後著シク成長シ果實ヲ包ム。 果實大ニシテ果皮堅實ナリ ....はしばみ屬

3 { 苞ハ胞狀ヲナシ全然果實ヲ包圍ス ....あさだ屬
{ 苞ハ胞狀ヲナサズ一方開ケ邊緣ニ鋸齒アリ.............し　で　屬

4 {

苞ハ果實成熟スレバ果實ト共ニ脱落シ唯花軸ノミヲ殘ス、 雌花ハ各
苞ニ三個宛生ズ...かんば屬

苞ハ果實成熟後ト雖モ脱落スル事ナシ、雌花ハ 各 胞ニ二個宛生ズ。
....はんのき屬

(丙) 各屬ノ記載、並ニ各種ノ記載。

第一族、はしばみ族 Coryleæ, Meisn.

第一屬、はしばみ屬 Corylus (Brunf.) Tournef. Instit. I. (1700)
p. 581. III. tab. 347.

花ハ單性、雌雄同株、雄花穗ハ枝ノ先端ニ二三本宛生ジ下垂ス、多數ノ相踵
デ生ズル苞ヨリ成リ、花ハ各苞ニ一個宛生ジ兩側ニ一個宛ノ小苞アリ。 雄
蕋ハ四個乃至八個、花糸ハ二岐又ハ全然二分ス。 葯ハ一室、先端ニ毛ヲ生
ズ、雌花ハ頭狀ニ集マレル短カキ穗ヲナシ、數個ノ苞ヲ有ス。 各苞ニ二個
宛ノ花アリ、花被ハ短カク、雌蕋二本アリ、花ヲ包ミテ小苞アリ、 子房ハ
二室胚珠ハ各室ニ一個稀ニ二個、 花被ハ果實ト共ニ生長シ往々長キ筒ヲナ
ス、果實ハ卵形又ハ球形、果皮ハ木質ニシテ硬シ。

灌木、稀ニ喬木トナル、葉ハ互生複鋸齒アリ、 世界ニ十一種アリ皆北半球
ノ産ナリ、朝鮮ニ四種ヲ産ス。

種名檢索表 Conspectus specierum.

1 {

果實ヲ包ム苞ハ鐘狀ヲナス、 葉ハ先端截形又ハ稍凹形ヲナシ中央ニ
小突起アリ...てうせんはしばみ

果實ヲ包ム苞ハ先端ニ至リテセバマルカ又ハ長キ筒ヲナス.......2.

2 {

果實ヲ包ム苞ハ卵形ヲナシ先端ハ筒狀ナラズ單ニセバマル、 葉ハ複
鋸齒アリ...つぼはしばみ

果實ヲ包ム苞ハ長キ筒ヲナス.............................3.

3 {

苞ノ筒ハ大ニシテ徑六乃至八ミリアリ.........おほつのはしばみ

苞ノ筒ハヤ、細ク徑三乃至六ミリアリ.........................4.

4 {

苞ノ筒ハ徑五乃至六ミリアリ...............つのはしばみ

苞ノ筒ハ徑三乃至四、五ミリアリ.............こつのはしばみ

1. てうせんはしばみ

(第 壹 圖)

高サ三乃至二米突位ノ灌木ナリ、下方ヨリ分岐多シ、若枝ニハ腺毛疎生ス。
葉ハ長サ三乃至一八ミリノ葉柄ヲ具ヘ倒卵形又ハ廣倒卵形ニシテ先端截形

中央ニ小突起アリ、基脚ハ稍心臓形又ハ丸ク、 側脈ハ平行シテ六本乃至七本宛生ズ。 邊縁ニハ複鋸齒アリ上面ニハ微毛アレドモ後平滑トナル、下面ハ微毛又ハ密毛生ズ。葉身ノ長サハ二乃至九セメ幅ハ 1,2 乃至 9 セメアリ。雄花穂ハ枝ノ先端ヨリ下垂ス多キハ五本生ズルコトアリ花後凋落ス （花穂全部ガートナリテ）。 雌花穂ハ芽狀ナリ、各苞ニ二個ノ花ヲ有ス。果實ヲ包ム苞ハ鐘狀ヲナシ外面ハ絨毛ニ被ハレ且腺毛アリ。 內面ハ著シク脈アリ。絨毛生ジ且ツ腺毛疎生ス、長サ三セメアリ。 果實ハ丸ク。 果被堅實ナリ。

　　産地、中部、北部ノ山地又ハ叢林。

　　分布、タブリア、アムール、滿洲。

日本ニハ未ダ本種ヲ見ズ、即チ本島ニ普通ナルハはしばみ (Corylus hete-rophylla var. Thunbergii, Blume.) ニシテ葉ハ先端截形ナラズ。北海道ニハ尙ホ一種北米產ノ Corylus americana ニ近キえぞはしばみ (Corylus yesoensis, Nakai) アリ。

1. Corylus heterophylla, Fischer.

In Schtschagl. Anz. d. Entdeck. in d. Phys. Chem. u. Technol. VIII. (1831) p. 3. Turcz. Cat. Baic—Dah. n. 1065. Bl. Mus. Bot. I. p. 309. Max. Prim. Fl. amur. p. 241. DC. prodr. XVI ii p. 136. Regel Tent. Fl. Uss. n. 431. Fr. Pl. Dav. I. p. 278. Palib. Consp. Fl. Kor. II. p. 49. Burkill in Journ. Linn. Soc. XXVI. p. 504. Winkl. Betul. p. 48. Schneid. Illus. Handb. I. p. 145 fig. 83 p—q. Nakai Fl. Kor. II. p. 206.

C. avellana p. davurica, Ledeb. Fl. Ross. III. (1849) p. 588.

Frutex 2–3 m a basi ramosus. Ramus juvenilis glanduloso-hirsutus. Folia petiolis 3–18 mm longis, ambitu late-obovata apice truncata. v. retusa cum acumine breve, basi cordata v. rotunda, nervis lateralibus 6–7 duplicato-serrata, supra pilosa demum glabra, infra pilosa v. villosula, 2–9 cm longa 1.2–9 cm lata. Spica ♂ ab apice rami pendula 1–5 racemosim disposita, post anthesin decidua. Spica ♀ brevis capitata, in quaque bractea biflora. Bracteæ fructiferæ campanulatæ extus glanduloso-hirtellæ villosulæ intus reticulatæ secus venas villosulæ sparsim glanduloso-pilosæ, grosse-lobato-dentatæ 3 cm longæ, basi bracteis sterilibus suffultæ. Nux globosa. Testa lignosa.

Hab. in montibus et dumosis Coreæ mediæ et sept.

Distr. Dahurica, Manshuria et Amur.

2. つ ぼ は し ば み

（第　貳　圖）

灌木、高サ二乃至三米突分岐多シ、若枝ハ微毛生ズ、　葉ハ短カキ葉柄ヲ具
ヘ、葉柄ノ長サ三乃至十三ミリアリ微毛生ズ。　葉身ハ稍歪形倒卵形又ハ楕
圓狀ノ倒卵形又ハ卵形ニシテ邊緣ニ複鋸齒アリ。　長サ４乃至9,7セメ幅２
乃至 5,3 セメアリ。　上面ハ側脈ノ間ニ當ル部ニ微毛生ジ下面ハ葉脈上ニ
微毛生ズ。　側脈ハ兩側ニ八乃至十三本宛アリ。雄花穗ハ枝ノ先端ニ生ズレ
ドモ余未ダ其開花セルヲ見ズ。　雌花穗ハ頭狀ヲナシ苞ハ相重ナリテ生ズ。
各苞ニ二個宛ノ花ヲ生ズ、花柱ハ全然二分シ柱頭ハ苞ヨリ抽出ス。　花ヲ包
ム小苞ハ相ヨリテ果實ヲ包ミ壺狀ヲナス。果皮ハ堅實、果實ノ長サ 1,3
セメアリ。

　産地、濟州島漢拏山。

　分布、未ダ濟州島以外ノ地ニハ見ズ。

2. **Corylus hallaisanensis,** Nakai.

Frutex 2–3 m ramosissimus.　Rami juveniles pilosi. Folia breviter
petiolata, petiolis 3–13 mm longis pilosis, oblique obovata, oblongo-
obovata, elliptica v. ovata duplicato-serrata, (4 cm longa–2 cm lata,
9–4, 9.7–5.3, 5.3–3.2, 8.6–5.2) supra intra venas laterales pilosa,
infra secus venas pilosula, venis lateralibus utrinque 8–13 indivisis
v. divisis.　Spica ♂ ab apice ramuli evoluta, patentem non vidi.
Spica ♀ globosa, bracteis imbricatis pilosis et in quaque bractea
floribus duobus.　Styli ad basin bipartiti elongati bracteas superantes.
Bracteæ fructiferæ ovatæ, apice acuminato-paucilobis, pilosæ.　Nux
ovata, cuspidata, 1.3 cm longa.

　Hab. in silvis montis Hallaisan̄, Quelpaert.

　Planta endemica!

3. お ほ つ の は し ば み

（第　參　圖）

灌木高サ二乃至五米突、分岐多シ。若枝ハ腺狀毛ニテ被ハル、葉ハ長サ五
乃至三〇ミリノ葉柄ヲ具フ。　葉柄ハ微毛アルカ又ハ腺狀毛アリ。葉身ノ外

形ハ四角形ニ近シ廣倒卵形ニシテ缺刻アリ邊緣ハ複鋸齒ヲ具フ、 葉身ノ長
サハ大ナルモノハ 15 セメ幅 12 セメアリ。 基脚ハ心臟形ニシテ先端ハ急
ニトガル、側脈ハ兩側ニ各七本乃至九本アリ、葉ノ上面ハ微毛アリ。 下面
ハ葉脈ニ沿ヒテ微毛アリ。 雄花穗ハ二個乃至五個宛枝ノ先端ニ生ジ下垂
ス。 果實ヲ包ム苞ハ基部ニ褐色毛密生シ先端ハ長サ 2, 5 乃至 4 セメノ筒
ヲナス、筒口ハ多數ノ裂刻アリ。

産地、全道ノ山地叢林ニ生ズ、（濟州島ヲ除ク）。

分布、滿洲、北支那、北海道。

本種ハ「つのはしばみ」ニ似タル種ナルドモ葉ノ大ナルコト葉柄ノ長キ事果
實並ニ苞ノ大ナル事ニ依リ直チニ其レヨリ區別シ得。 日本本島ニハ未ダ産
スルヲ知ラズ、從來夫レト混ゼシモノハ「つのはしばみ」ナリ。

3. **Corylus mandshurica,** Maxim.

Prim. Fl. Amur (1859) p. 24. Kom. Fl. Mansh. II. p. 63. Schneid.
Illus. Handb. I. p. 150 fig. 83. l—m. fig. 68. d—f. Nakai Fl. Kor.
II. p. 206.

C. rostrata, var. mandshurica (Max.) Regel Tent. n. 432. Maxim.
in Mél. Biol. XI. p. 319. Regel in DC. Prodr. XVI. ii. p. 133.
Fran. et Sav. Enum. I. p. 452? Winkler Betul. p. 52. fig. 14. E.

Frutex 2–5 m ramosus. Rami juveniles glanduloso-pilosi. Folia
petiolis 5–30 mm longis pilosis aut glanduloso-hirsutis, ambitu
quadrangularia, late obovata grosse lobato duplicatoque serrata,
(11 cm longa 10.5 cm lata, 10.3–7.8, 9.7–8, 12–10.2, 15–12, 7.2–6)
basi cordata apice mucronata, venis lateralibus utrinque 7–9, supra
sparse pilosa, infra secus venas pilosa. Spica ⚥ 2–5 pendula.
Bracteæ fructiferæ basi ovatæ ubi dense ferrugineo-hispidæ, ad
apicem longe tubulosæ, tubo 2.5–4 cm longo summo lacerato.

Hab. in montibus et silvis peninsulæ Coreanæ.

Distr, Manshuria, China bor. et Jeso.

4. つ の ば し は み

（第 四 圖）

灌木、高サ二乃至四米突分岐多シ。 若枝ハ微毛ニテ被ハレ往々腺狀毛ヲ具
フル事アリ、葉ハ長サ三乃至二二ミリノ葉柄ヲ備へ、帶倒卵形橢圓形、又ハ

橢圓形又ハ倒卵形又ハ圓形又ハ廣倒卵形ナリ。　基脚ハ圓形又ハ僅カニ心臟
形ヲナス、先端ハトガル、邊緣ニハ複鋸齒ヲ具ヘ、上面ニハ側脈ノ間ニ當ル
所ニ毛アリ。　下面ニハ側脈上ニ毛アリ。　側脈ハ九本乃至十本、葉身ノ長サ
ハ大ナルモノハ 12, 7 セメ幅ハ 8, 3 セメニ達ス。雄花穗ハ二個乃至四個
位枝ノ先端ヨリ下垂ス。　長サ 13 乃至 14 セメニ達スルアリ、苞ハ倒卵
形ニシテ先端銳クトガル、絹毛アリ。　雄蕋ハ四個、花糸ハ二分シ、葯ハ長サ
一ミリ、一室、先端ニ毛アリ。　雌花穗ハ丸ク芽ノ如シ、雌蕋ハ紫色ニシテ
長ク抽出ス。　果實ヲ包ム苞ハ基部丸キカ又ハ卵形ニシテ外面ニ白色又ハ褐
色ノ密毛生ズ、先端ハ筒狀トナリテ夫レヨリ多數ニ分裂ス、　果實ハ卵形ナ
リ。

　　産地、智異山。

　　分布、日本(本島)。

一種果實稍小ニ苞ノ筒細キアリ「つのはしばみ」ノ一變種ニシテこつのはし
ばみ(第五圖)ト云フ。

　　産地、智異山。

　　分布、日本(本島ノ諸山)。

4.　Corylus Sieboldiana, Bl.

Mus. Mus. Bot. Lugd. Bot. I. (1850) p. 310. Schneid. Illus.
Handb. Laubholzk. I. p. 150.

C. rostrata var. Sieboldiana (Bl.) Max. in Mél, Biol. XI. p. 319. H.
Winkler Betul. p. 52. Fig. 16. B.

C. heterophylla var. Sieboldiana, Regel in DC. Prodr. XVI. ii. p.
130. Fran. et Sav. Enum. Pl. Jap. I. p. 452.

Frutex 2–4 m ramosus.　Rami juveniles pilosi interdum glandulosi.
Folia petiolis 3–22 mm longis, obovato-oblonga, elliptica, obovata,
rotundata v. late-obovata, basi rotundata v. leviter cordata, apice
acuminata, duplicato-serrata, supra intra venas laterales 9–10 et
supra venas pilosa, infra secus venas pilosa, (5.3 cm longa 3 cm
lata, 8–5, 5, 10–4.5, 12.7–8.3, 11.5–5.7). Spica ☂ 2–5 pendula
elongata usque 13–14 cm, bracteis obovato-mucronatis sericeis. Flos
☂ perigonio nullo, staminibus 4, filamentis bipartitis, antheris
1 mm longis unilocularibus apice pilosis. Spica ♀ globosa, stylis
purpureis longe exertis. Bracteæ fructiferæ basi globosæ v. ovatæ
ubi dense rufescenti-barbatæ, interdum glandulis intermixtæ, rostro

1–2.8 cm longo apice lacerato glabrescente v. villoso. Nux ovata.

  α. **typica,** Nakai.

Rostrum diametro 5–6 mm.

  Hab. in montibus Chirisan.

  Distr. Nippon.

  β. **mitis,** (Max.) Nakai.

C. rostrata var. mitis, Max. l. c. p. 320. H. Winkler l. c.

Rostrum angustum diametro 3–4.5 mm.

  Hab. in montibus Chirisan.

  Distr. Nippon.

  第二族、しで族　Carpineæ, Döll.

  第二屬、あさだ屬 Ostrya (Cordus) Scop. Fl. Carniolica (1760) p. 414.
花ハ單性、雌雄同株、雄花穗ハ圓筒狀ヲナシ苞ハ相踵デ生ズ。　花被ナク、
雄蕋ハ三個乃至十四個、花糸ハ細ク先端ニ叉ス、葯ハ一室先端ニ毛アリ。
雌花穗ハ密ニ生ジ下垂ス、花ハ二個宛相並ビテ生ジ胞狀ノ苞ニ包マル、花
被ハ子房ニ附着シ子房ハ二室、花柱ハ柱頭ニ至リ二叉ス。　胚珠ハ各室ニ二
個宛生ジ下垂ス。　果實ハ胞狀ノ苞中ニ藏マル光澤アリ。
喬木又ハ小喬木、葉ハ互生シ毛アリ。　世界ニ五種アリ。　皆北半球ノ産、其
中朝鮮ニ一種ヲ産ス。

5.　あ　　さ　　だ

（第　六　圖）

喬木、高サ五十尺ニ達スルアリ。皮は褐色又ハ暗褐色ナリ。枝ノ皮ハ帶赤褐
色ニシテ若枝ニハ微毛アリ。尙ホ若キ側枝ニハ腺毛ヲ生ズ。　芽ハ多數ノ鱗
片ニテ被ハル。　葉ハ廣披針形、長橢圓形、倒廣披針形等アリ。葉柄ノ長サ
二乃至八ミリ。　邊緣ハ不同又ハ一樣ノ銳鋸齒アリ。　大ナル葉身ハ長サ 9.8
セメ幅 4.2 セメニ達ス。　兩面ニ微毛直立ス故ニ手ニテフルレバ絨毛ニ觸ル
ル感アリ。　側脈ハ八本乃至十六本（通例十二本乃至十五本）アリ。果實ヲ附
ケタル穗ハ下垂シ花梗一乃至三セメアリ。苞ハ胞狀ヲナシ長サ一乃至一、八
セメニシテ基部ニ近キ部ニハ微毛生ス。　果實ニ光澤アリ長サ六ミリ許、花
柱ハ二叉ス。

  産地、濟州島、莞島。

  分布、北海道、本島、四國、支那中部。

本種ハ露ノマキシモヰッチ氏ハ北米產ノ Ostrya virginica ト同種トシ獨ノ
ヴヰンクレル氏ハ之レニ贅シ獨ノシュナイデル氏ハ其變種トスレドモ何レ
モ不可ナリ。米ノサージェント氏ガナス如ク獨立ノ種トナルベキモノナリ、
即チ Ostrya virginica ノ葉ノ毛ハ伏臥スレドモ本種ノモノハ直立ス、又
葉ノ側脈ハ本種ノモノハ O. virginica ノ二倍ノ廣サアリ。果實モ O.
virginica ノモノヨリ長ク。果實ヲ包ム苞ハ O. virginica ニアリテハ本
種ヨリ橫幅廣ク、且果實ハ平滑ナルニ本種ハ微毛アリ。此等諸點ノ相違ハ
單ニ變種ノ相違ニ非ズ嚴然タル種トシテ區別スルヲ至當トス。

5. **Ostrya japonica,** Sarg.

In Gard. and Forest. VI. (1893) p. 383. f. 58. Shirasawa Iconogr.
I. (1900) t. 25. f. 1–14.

O. italica, Scop. subsp. virginica (Mill.) H. Winkl. Betul. p. 22. p.p.

O. ostrya. Karst. var. japonica (Sarg.) Schneid. Illus. Handb.
Laubholzk. I. (1906) p. 143.

O. virginica (non Willd.) Maxim. in Bull. Acad. St. Pétersb.
(1881) p. 537.

Differt ab O. virginica, pilis foliorum superne sparsis et erectis,
non prævalentibus inter nervos lateralibus, nervis lateralibus inter
sese distantibus. fructibus longioribus et perigonio inferne ciliolato.

Arbor usque 15 m. Cortex fuscens v. atro-fuscens. Rami
juveniles pilosi et laterales simul glanduloso-hirsuti. Gemmæ
squamis imbricatis obtectæ. Folia lanceolata, oblongo-elliptica v.
oblanceolata, petiolis 2–8 mm longis, æqualiter v. irregulariter
acuminato-serrata, (8 cm longa 3.1 cm lata. 8.9–3.1, 9.6–4.2, 9.8–4.2,
5.2–2.4, 2.3–11 etc.) utrinque sparse erecto-pilosa, nervis lateralibus
8–16 (vulgo 12–15). Spica fructifera pendula, pendunculis 1–3 cm
longis. Bracteæ late lanceolatæ utriculoides. 1–1.8 cm longæ, basi
pilosæ. Fructus lucidus 6 mm longus, perigonio toto vestitus.
Perigonium pauci-striatum infra medium ciliolatum. Styli persi-
stentes. Stigma bifidum deciduum.

Hab. in silvis Quelpært et insulæ Wangtô.

Distr. Yeso, Nippon, Shikoku et China centr.

第三屬、しで屬　Carpinus, (Matthæus) Tournef. Instit. Rei Herb. (1700) p. 582. (excl. Ostrya). III. tab. 348.

花ハ單性、雌雄同株、雄花ハ葉ヲ伴ハズ。　通例葉ニ先チテ生ジ枝ノ側方ノ花芽ヨリ生ズ下垂スル穗ヲナス。　花被ナク各一個ノ苞ヲ有ス。雄蕋ハ苞ノ下面ニツキ四個乃至十二三個、　花絲ハ二叉シ葯ハ一室ニシテ上方ニ毛ヲ生ズ。雌花ハ葉ト共ニ生ジ若枝ノ先端ヨリ下垂スル穗ヲナス。　往々直立スルモアリ。花ハ二個宛相並ビテ花軸ニツク。共有ノ苞ハ早落スレドモ花ニツヒタル苞ハ花後成長シ果實ニ伴フ。　花被ハ一個、筒狀、雌蕋一個、花柱ハ長短不同ナリ。柱頭ハ二叉ス、子房ハ二室、胚珠ハ各室ニ二個宛アリテ下垂ス。果實ハ花被ト共ニ生長シ一個ノ乾果ヲナス。

喬木又ハ稀ニ灌木、葉ハ互生、落葉シ側脈ハ平行シ邊緣ニ達ス。　世界ニ二十五種アリ、皆北半球ノ產、朝鮮ニ七種アリ。

分テ次ノ二亞屬トナス。

　　果實ノ苞ハ相踵ギ密ニ相重ナリテ生ズ、穗ハ下垂ス。
　　　　　　第一亞屬、さはしば亞屬。　Disterocarpus (S. et Z.) Sarg.
　　果實ノ苞ハ疎ニ生ズ。
　　　　　　第二亞屬、眞正しで亞屬。　Eucarpinus, Sarg.

更ニ眞正しで亞屬ヲ分チテ次ノ二節トナシ得。

　　果實ヲツクル枝ハ水平ニ擴ガルカ又ハ下垂シ、果實ノ穗ハ下垂ス。
　　　　　　第一節、長穗類。　Elongatæ, Nakai.
　　果實ヲツクル枝ハ通例直立シ果實ノ穗ハ直立シ先端多少屈曲ス。
　　　　　　第二節、短穗類。　Brachyspicæ, Nakai.

朝鮮ニ產スル七種ヲ如上ノ分類ニ當ツルトキハ次ノ如クナル。

　　さはしば亞屬。

　　　　さはしば　Carpinus cordata, Bl.

　　眞正しで亞屬。

　　　　長穗類。

　　　　　おほいぬしで、　　　　Carpinus eximia, Nakai.
　　　　　さいしういぬしで、　　Carpinus Fauriei, Nakai.
　　　　　あかしで、　　　　　　Carpinus laxiflora, Bl.
　　　　　いぬしで、　　　　　　Carpinus Tschonoskii, Maxim.
　　　　　たういぬしで、　　　　Carpinus Fargesiana, H. Winkl.

　　　　短穗類。

　　　　　こしで、　　　　　　　Carpinus Paxii. H. Winkler.

6. さ は し ば

（第 七 圖）

喬木ニシテ高サ一〇米突乃至一五米突ニ達ス。幹ノ直徑ハ六〇セメニ達ス。
皮ハ灰色ナリ。枝並ニ葉柄ハ若キ時ハ毛アレドモ後漸次其毛ヲ失フ。若枝
ニハ白キ皮目ノ斑點アリ、葉ハ帶卵形橢圓又ハ橢圓、基脚ハ心臟形先端ト
ガル、邊緣ニ複鋸齒アリ。大ナル葉ハ長サ一四セメ幅七セメニ達ス葉脈ハ
各側ニ十二本乃至十九本アリ。雌花穗ハ下垂シ四五月花咲ク、長サ一セメ
半乃至六セメアリ。苞ハ廣披針形ニシテ短柄ヲ具シ長サ三乃至四ミリ、邊
緣ニ長キ毛アリ。花軸ハ長毛ニテ被ハル、雄蕊ハ四個乃至八個、花糸ハ二
叉ス。葯ハ橢圓形、一室、先端ニ毛アリ。花穗ハ今年ノ枝ノ先端ヨリ出
ヅ。花柱ハ二、四ミリノ長サアリ。果實ヲ有スル穗ハ密ニ排列セル苞ヲ有
シ圓柱狀ナリ。果實ハ長サ三乃至四ミリ、橢圓形ナリ。

産地、全道ノ山地森林中ニ生ズ。

分布、北海道、本島、滿洲、支那。

6. Carpinus cordata, Bl.

Mus. Bot. Lugd. Bat. I. (1850) p. 309. Walp. Ann. III. p.
379. Regel Tent. Fl. Uss. n. 433. Fran. et Sav. Enum. Pl. Jap. I.
p. 452. Shirasawa Iconogr. t. 24. f. 18–32. Burkill in Journ. Linn.
Soc. XXVI. p. 501. Diels Fl. Centr. Chin. in Engl. Bot. Jahrb.
XXIX. (1901) p. 279. Kom. Fl. Mansh. II. p. 62. Winkler Betul.
p. 26. Fig. 8. A. B. cum. var. Nakai Fl. Kor. II. p. 205.

Arbor usque 10–15 m alta, trunco diametro 60 cm, cortice cinereo.
Cataphyllus fuscus v. olivaceus elongatus. Ramus petiolusque
juvenilis pubescens demum glabrescens. Ramus lenticellis albis
punctatus. Folia ovato-oblonga, elliptica v. oblonga basi cordata
apice acuminata duplicato-serrata, (2.5 cm longa –1.5 cm lata, 14–7,
9–5 etc.) venis primariis utrinque 12–19. Spica ♂ pendula, florens
in mense Aprilio ad Maio, 1.5–6 cm longa, bracteis lanceolatis v.
late-lanceolatis breviter stipitatis 3–4 mm longis, margine longe
·barbatis, rachibus barbatis. Stamina in quoque flore 4–8, filamentis
apice bifidis, antheris oblongis unilocularibus apice barbatis. Spica
♀ ab apice rami hornotini evoluta pendula, pedunculo 1.5–4 cm

longa. Flos ♀ stylis 2.4 mm longis. Spica fructifera densa cylindrica, bracteis dense imbricatis ovatis basi convolutis. Fructus 3–4 mm longus ellipticus, stylis persistentibus coronatus.

Hab. in silvis Corea et Quelpært.

Distr. Jeso, Nippon, Manshuria et China.

7. お ほ い ぬ し て
（第 八 圖）

喬木高サ九米突、幹ノ徑四十セメニ達ス。枝ハ廣ク擴ガリ。先端ニ至リ下垂スル傾向アリ。其狀ハ「たういぬしで」ニ似タリ。葉ハ長サ 1,2 乃至 1,5 セメノ葉柄ヲ有ス。葉身ハ帶卵橢圓形又ハ滑圓形、基脚圓キカ又ハ截形先端トガル。邊緣ノ鋸齒ハ略複鋸齒狀ナリ。側脈ハ兩側ニ各十四本乃至十六本アリ。葉身ノ長サ九乃至十、五セメ幅五、五乃至六セメアリ。下面ハ多少其色淡ク、葉脈ニ微毛アリ。果穗ハ長サ五乃至八セメ徑三セメアリ。花梗三乃至五セメノ長サアリ。苞ハ半卵形、長サ二、五乃至二、八セメ幅一乃至一、二セメアリテ脈上ニ微毛生ゼリ。花被ハ全ク果實ヲ包ミ廣卵形長サ五乃至五、五ミリ幅五ミリアリテ脈著シ先端ニ近ク腺點アリ。且先端ニ毛生ゼリ。花柱ハ脱落セズ。

産地、智異山、泉穩寺附近。

分布、未ダ他所ニ見ズ。

本種ハ「いぬしで」ニ近似ノ種ナレドモ果穗、葉、枝等凡テ大形ナル故一見區別シ得。原産地ニアリテハ「いぬしで」ト混生ス。而シテ其若木ト雖モ「いぬしで」ノ若木トハ葉ト枝トノ大サニ依リ直ニ識別シ得ベシ。

7. Carpinus eximia, Nakai.

Arbor diametro 40 cm, 9m alta. Cortex trunci grisei. Rami annotini atrofusci et lenticellis albis punctulati. Rami divaricati plus minus penduli. hornotini pubescentes lenticellis fuscis punctulati. Folia distincte petiolata. Petiolus pilosus 1.2–1.5 cm longus 1–1.5 mm diametro. Lamina ovato-elliptica v. elliptica basi rotundata v. subtruncata, apice acuminata, subduplicato mucronatoque serrata, nervis lateralibus utrinque vulgo 14–16, 9–10.5 cm longa 5.5–6 cm lata, infra pallidiora, secus venas pilosa, supra secus venas et inter venas primarias pilosa. Spica distincte pedunculata, fructifera 5–8 cm longa 3 cm lata. Pedunculus pilosus 3–5 cm longus.

Bracteæ semiovatæ plus minus arcuatæ 2.5–2.8 cm longæ 1–1.2 cm latæ, nervis pilosis. Perigonium fructum toto clausum late ovatum 5–5.5 mm longum 5 mm latum, nervis conspicuis, glanduloso-punctatum et apice pilosum. Styli persistentes.

Hab. secus vias et in silvis circa tempum Senonji, pede montis Chirisan. 280 m. 15. VII. 1913 (T. Nakai n. 11).

Planta endemica!

Affinis Carpini Tschonoskii. sed exqua ramis robustioribus, foliis majoribus, bracteis et carpellis majoribus distincta. Planta juvenilis etiam foliis majoribus, ramis robustioribus a C. Tschonoskii et C. yedoense quibus proxime venit primo obtutu distinguenda.

8. たういぬしで
（第 九 圖）

喬木高サ六米突、幹ノ徑八〇セメニ達ス樹膚ハ灰色ナリ。枝ハ廣ク擴ガリ若枝ハ始メ毛アレドモ後無毛トナル。葉柄ノ長サ三乃至九ミリ、葉身ハ楕圓形基脚ハ銳ク尖ルカ又ハ急ニトガル。稀ニ心臟形ニ近キモノトナル。先端ハ尖ル大ナル葉ハ長サ八セメ幅四、五セメ位アリ。側脈ハ兩側ニ各十三本乃至十八本アリ。通例十六本以上ナリ。邊緣ノ鋸齒ハ複鋸齒ニシテ葉ノ上面ハ側脈ノ間ニ毛アリ。下面ニハ葉脈ニ毛アリ。果穗ハ下垂シ花梗長シ。苞ハ半廣卵形長サ二、二乃至二、五セメ幅七乃至一二ミリアリ脈ハ著シク疎大ノ鋸齒アリ。一方直ナル側ハ鋸齒ナシ、果實ハ四乃至五メリ幅四ミリアリ。花被ハ果實ヨリ著シク短カシ。花柱ハ脫落セズ。

産地、智異山。

分布、支那。

8. **Carpinus Fargesiana**, H. Winkler.

In Engl. Fest-Band. (1914) p. 507. fig. 6.

C. yedoensis, (non Maxim.) Franch. in Journ. de Bot. XIII. (1899). p. 203. Burkill in Journ. Linn. Soc. XXVI. (1889) p. 502. Diels in Engl. Bot. Jahrb. XXIX. (1901) p. 279. H. Winkler Betul. p. 35. fig. 10. G.

Arbor 6 m alta. Truncus 80 cm diametro, cortce cinereo. Rami divaricati. Ramuli juveniles pubescentes demum glabrescentes.

Folia petiolis 3–9 mm longis, elliptica basi mucronata v. acuta rarissime subcordata apice attenuata, (8 cm longa 4.5 cm lata, 7.5–3.6, 6.2–3.4, 3.3–2.3) venis utrinque 13–18 (vulgo 16–18, duplicato-serrata, supra pilosa, infra secus venas pilosa. Spica fructifera pendula longe pedunculata Bracteæ late semiovatæ 2.2–2.5 cm longæ 7–12 mm latæ reticulatæ grosse serratæ, latere recto integræ. Fructus 4–5 mm longus 4 mm latus. Perigonium nervis elevatis parallelis nuce brevius. Styli persistentes apice bifidi.

Hab. in montibus Chirisan.

Distr. China. Ex Japonia nostris adhuc ignota.

9. い ぬ し で

（第 拾 圖）

喬木高サ五乃至十米突、樹幹ノ徑六〇乃至一〇〇セメニ達ス。 樹膚ハ灰色ヲ帶ブ。 枝ハ廣ク擴ガレドモ「たういぬしで」「おほいぬしで」ヨリハ高ク直立ス。 若枝ハ毛アリ老成スルニ從ヒ白キ皮目ノ斑點アリ。 葉ハ長サ四乃至十二ミリノ葉柄ヲ有シ葉身ハ狹橢圓形又ハ橢圓形又ハ廣橢圓形又ハ帶卵橢圓形、 基脚トガルカ又ハ丸ク先端ハ銳クトガリ。 邊緣ニハ複鋸齒アリ。 側脈ハ兩側ニ十二本乃至十五本(通例十三本以上)アリ。 上面ハ側脈間ニ下面ハ側脈上ニ毛アリ。 雄花穗ハ下垂シ無柄ナリ。 苞ハ卵形又ハ帶卵橢圓形雄蕊ハ各花ニ四個乃至八個、葯ハ長サ七ミリ先端ニ毛アリ。 雌花穗ハ花梗ヲ有シ枝ノ先端ヨリ下垂ス。花柱長シ、果穗ハ疎ニ生ジ苞ハ十七乃至二十二ミリノ長サアリ半卵形ニシテ銳キ鋸齒アリ。 果實ハ廣卵形長サ四乃至四、五ミリ先端ニ毛アリ。 柱頭二分ス。

産地、濟州島、莞島、智異山、白羊山。

分布、本島、四國、九州、對馬。

9. Carpinus Tschonoskii. Maxim.

In Bull. Acad. St. Pétersb. XXVII (1881) p. 534 et in Mél. Biol. XI. p. 313. H. Winkl. Betul. p. 36. fig. 10. M. Matsum. Ind. Pl. Jap. II. ii. p. 21.

C. yedoensis, Maxim l. c. p. 535. 314. Matsum. l. c.

Arbor 5–10 m. alta. Truncus 60–100 cm diametro, cortice cinereo. Ramus divaricatus apice nutans. Ramuli novelli pilosi, adulti lenticellis albis punctulati. Cataphylla pilosa lineari-oblanceolata fuscens. Folia distincte petiolata petiolis 4–12 mm longis pilosis v. barbulatis. Lamina anguste oblonga, oblonga, late elliptica, ovata-oblonga. v. lanceolato-oblonga, basi acuta v. rotundata v. cuneata, apice attenuata, duplicato-serrata, venis lateralibus 12–15 (vulgo 13–15), supra inter venas pilosa, infra secus venas pilosa. Spica ☝ pendula sessilis, bractcis ovatis v. ovato-oblongis, staminibus in quoque flore 4–8, antheris 7 mm longis, longe barbatis. Spica ♀ pendula distincte pedunculata, bracteis pilosis. Styli elongati. Spica fructifera laxiuscula, bracteis 17–22 mm longis semiovatis argute serratis. Fructus late ovatus 4–5.5 mm longus apice pilosus. Styli bifidi persistentes.

Hab. in silvis Quelpaert, insulæ Wangto, in Corea australe (monte Chirisan, monte Peiyangsan).

Distr. Nippon, Shikoku, Kiusiu et insula Tsusima.

10.　さいしういぬしで

(第 拾 壹 圖)

喬木高サ十米突ニ達ス。若枝ニハ毛アリ。葉ハ長卵形又ハ長橢圓形、基脚トガリ先端ハ銳クトガル、邊緣ニハ不規則ナル複鋸齒アリ。葉柄ノ長サ二乃至十三ミリ、毛アリ。葉身ノ長サハ大ナルモノニテハ八セメ幅三、二セメニ達ス。　側脈ハ兩側ニ各八本乃至十三本アリ。　上圖ハ側脈ノ間ニ毛アリ。下面ハ葉脈上ニ毛アリ。果穗ハ枝ノ先端ヨリ下垂ス。苞ハ廣披針形長サ十八乃至十九ミリ幅四乃至六ミリアリ、脈著シ。果實ハ卵形長サ四ミリ花柱ハ二岐ス。

産地、濟州島漢拏山。

分布、未ダ他ノ所ニテ發見セズ。

本種ハ「いぬしで」ニ近似ノ種ナレドモ葉ノ長サト苞ノ細キトニ依リ容易ニ區別シ得。性「いぬしで」ニ似、其樹幹ハ椎茸栽培ニ適ス。

10. **Carpinus Fauriei,** Nakai.

In Tokyo Bot. Mag. XXVI. p. 325.

C. Tschonoskii, Max. v. subintegra, H. Winkl. Engl. Fest-Band. (1914) p. 501. fig. 4. i.

Arbor circ. 10 m. alta. Rami hornotini puberuli. Folia late lanceolata v. lineari-oblonga, basi acuta, apice acuminata irregulariter v. subduplicato-serrata, petiolis 2–13 mm longis pubescentibus demum glabrescentibus v. pilosis. Lamina (2.5 cm longa—1.7 cm lata, 6.8–2.6, 8–3.2, 5.5–2.2 etc.) venis lateralibus utrinque 8–13, supra inter venas laterales villosula, infra secus venas pilosa. Spica fructifera ab apice rami pendula. Bractea lanceolata 18–19 mm longa 4—6 mm lata reticulata. Fructus late ovatus compressus 4 mm longus. Styli persistentes bifidi.

Hab. in silvis Hallaisen, Quelpaert.

Planta endemica!

11. あ か し で

（第 拾 貳 圖）

喬木高サ十乃至十五米突ニ達ス。幹ハ徑一米突以上トナル。皮ハ灰色ヲ帶ブ。枝ニ毛ナク細シ、葉ハ若キトキハ紅色ヲ帶ビ後綠色トナル。葉柄長ク四乃至十八ミリアリ。葉身ハ橢圓形、卵形又ハ長卵形基脚丸キカ心臟形カ又ハトガル。先端ハ銳クトガリ緣邊ニ複鋸齒アリ。葉身ノ大ナルモノハ長サ 7, 8 セメ幅 4, 1 セメニ達ス。果穗ハ長ク花梗長ク苞ハ疎ニ生ジ長サ 1.1 乃至 1.7 セメアリ銳鋸齒ヲ具フ。果實ハ小ニシテ長サ 3 ミリ廣卵形又ハ卵形ナリ、花柱二叉ス。

産地、黃海、京畿、慶尙、全羅、忠淸ノ各道ニアリ。

分布、本島、四國、九州。

11. **Carpinus laxiflora** (Sieb. et Zucc).

Blume Mus. Bot. Lugd. Bat. I. (1849–51) p. 309. Walp. Ann. III. (1852–53) p. 379. Miq. Ann. Mus. Bot. Lugd. Bat. I. (1863–64) p. 121. Shirasawa Icon. t. 25 f. 15–30. H. Winkler Betul. p. 33.

fig. 10. K. Schneid. Illus. Handb. Laubholzk. I. p. 138. fig 76. i. II.
p. 894. fig. 559. f.—g.

Disterocarpus laxiflora, Sieb. et Zucc. Fl. Jap. Fam. Nat. (1846)
p. 799. Walp. Ann. I. (1848) p. 634. DC. Prodr. XVI. ii. p. 128.

Arbor usque 10–15 m alta, trunco diametro 1 m, cortice cinereo.
Ramuli glabri graciles. Folia juvenilia rubescentia demum virides-
centia longe petiolata, petiolis 4–18 mm longis. Lamina elliptica, ovata,
ovato lanceolata v. lanceolata, basi rotundata, leviter cordata v. acuta,
apice attenuata, duplicato-serrata, (5.3 cm longa—1.4 cm lata,
3.2–1.8, 2.1–1.7, 7.8–4.1, 2.3–2.1 etc.) Spica fructifera elongata
longe-pedunculata pendula laxa. Bracteæ 1.1–1.7 mm longæ argute
serratæ, basi lobulis accessoribus. Fructus parvus 3 mm longus
late ovatus v. ovatus. Styli bifidi persistentes.

Hab. in silvis Quelpært, insulæ Wangto, Hoang-Hai, Kyong-san,
Chyün-chong, Chol-la,

Distr. Nippon. Shikoku et Kiusiu.

12. こしで一名パックスしで

（第 拾 参 圖）

喬木、莖ハ根本ヨリ分岐シテ廣ク擴ガリ高サ五米突幹ノ徑五十セメニ達ス
皮ハ粗糙ニシテ灰褐色ナリ。分岐多キ爲メ枝ハ短カク若キモノハ微毛生ズ。
葉柄ノ長サ 5 乃至 18 ミリ微毛アリ。葉身ハ卵形、長卵形、橢圓形等ア
リ。基脚ハ丸キカ多少凹ムカセリ。先端ハトガリ邊緣ニ複鋸齒アリ。葉身
ノ長サハ大ナルモノニテハ 5.4 セメ幅 2.7 セメアリ。未ダ花ヲ見ズ。果
穗ハ短カク直立シ先端少シク屈曲ス。苞ハ四個乃至十二個（二對乃至六對）
脈極メテ著シク斜廣卵形又ハ半廣卵形長サ 1.2 乃至 1.6 セメ。果實ハ長
卵形又ハ廣卵形長サ四ミリアリ。

産地、濟州島、莞島、甫吉島。

分布、北支那北京附近。

本種ハ直幹ナリ從テ良材ヲ得難シ、刳物等ノ器具ヲ作ルニ適ス。

12. **Carpinus Paxii,** H. Winkler.

Betul. in Engl. Pflanzenreich. IV. 61. p. 35. fig. 10. A–C.

C. Turczaninowii, H. Winkl. Engl. Fest-Band. (1914) p. 503. pp. fig, 5 c–d.

Arbor vulgo a basi divaricata nana ramosissima, 3–5 metralis. Truncus diametro usque 50 cm, cortice fusco-cinereo asperrimo. Ramuli breves pilosi. Folia petiolis 5–18 mm longis pilosis. Lamina ovata, ovatoelliptica v. elliptica, basi rotundata v. leviter cordata, apice acuta, margine duplicato-serrata, (4.7 cm longa—2.7 cm lata, 3.8–2.2, 2.2–1.6, 2.5–1.7, 1.9–1.3, 5.4–2.7 etc.), venis lateralibus utrinque 7–13 vulgo 12–13. Flores mihi ignoti. Spica fructifera brevis erecta apice nutans densa, fructibus 4–12. Bracteæ eximie reticulatæ late oblique ovatæ v. late semiovatæ 1.2–1.6 cm longæ. Fructus oblongo-ovatus, ovatus v. late ovatus 4 mm longus longitudinali striatus. Styli persistentes, stigmate bifido elongato.

Hab. in silvis Quelpært et Wangtô.

Distr. China bor.

第三族、かんば族　Betuleæ, Döll.

第四屬、かんば屬　Betula, (Trag.) Tournef. Instit. Rei Herbariæ
I. (1700) p. 588. III. tab. 360.

花ハ單性、雌雄同株、雄花ハ枝ノ先端ヨリ下垂スル穗ヲナシ各一個ノ苞アリ、苞ノ下ニ三個ノ花ヲツク、花被ハ四個、雄蕋二個、花糸ハ二叉ス、花ノ先端ニ毛ヲ生ズ、雌花ハ枝ノ先端ニ穗ヲナシ概ネ直立スレドモ往々下垂ス、各苞ニ三個宛ノ花ヲツク、花被ナシ、子房ハ二室、柱頭ハ二分ス、果實ハ翅果又ハ瘦果ヲナシ扁平ナリ。喬木又ハ灌木、葉ハ互生シ下面ニハ逼例脂點アリ、世界ニ約四十種アリ、皆北半球ノ産ナリ、多クハ溫帶ニアリ、朝鮮ニ九種ヲ産ス次ノ六亞屬ニ區別シ得。

（第一亞屬）　しらかんば亞屬。

樹膚ハ紙狀ニ剝グ白シ、喬木、葉裏ニ脂點アリ、雌花穗ハ直立スルカ又ハ下垂ス、苞ノ側葉ハ截形、果實ノ翅ハ果實ノ幅ヨリ廣シ。

（第二亞屬）　こをのをれ亞屬。

樹膚ハ白色又ハ灰色、厚ク剝グ、喬木、葉裏ニ脂點アリ、雌花穗ハ直立ス、苞ノ側葉ハ截形、果實ノ翅ハ果實ノ幅ヨリ廣シ。

（第三亞屬）　ちやぼをのをれ亞屬。

樹膚ハ灰色、紙狀ニ剝グ、灌木、葉裏ニ脂點アリ、雌花穗ハ直立ス、　苞ノ側葉ハ橢圓形直立スルカ又ハ展開ス、　果實ノ翅ハ果實ヨリ狹キカ又ハ同幅ナリ。

（第四亞屬）　えぞのだけかんば亞屬

樹膚ハ白色又ハ灰色紙狀ニ剝グ、喬木又ハ灌木、葉裏ニ脂點アリ、雌花穗ハ直立ス、苞ノ側葉ハ長シ、果實ノ翅ハ果實ヨリ狹キカ又ハ其幅相同ジ。

（第五亞屬）　をのをれ亞屬。

樹膚ハ粗糙ニシテ剝脫セズ、灰色又ハ褐灰色、喬木、葉裏ニ脂點アリ、雌花穗ハ直立シ細長シ、苞ノ側葉ハ細長シ、果實ニハ殆ンド翅ナシ。

（第六亞屬）　しなかんば亞屬。

樹膚ハ灰色横ニ剝脫ス、低キ喬木、葉裏ニハ稀ニ脂點アリ、雌花穗ハ直立シ丸ク、苞ノ分岐ハ細長シ、果實ハ僅カニ緣取リアリ。

Conspectus subgenerum Betulae Koreanæ.

1. **Albæ** (Regel) Kœhne Deutsch. Dendr. (1893) p. 107.

Betula, Sect. Eubetula, Subsect. Albæ, Regel in DC. Prodr. XVI. ii. (1868) p. 162. H. Winkler, Betul. (1904) p. 74. p.p.

Betula Sect. Albæ Subsect, Eualbæ, Schneid. Illus. Handb. Laubholzk. I. (1906) p. 111.

Betula Gruppe 1. Albæ, Prantl. in Nat. Pflanzenf. III. i (1889) p. 44. p.p.

Arbor excelsa. Cortex trunci albidus papyraceo-solutus. Folia infra resinoso-punctata. Amenta ♀ pendula. Squamæ lobi laterales truncatæ. Alæ samaræ nucem superantes.

1. Betula mandshurica (Regel) Nakai.

2. **Dahuriæ** (Regel) Nakai.

Betula Sect. Eubetula, Subsect. Dahuriæ, Regel in DC. Prodr. XVI. ii (1868) p. 174.

Betula Sect. Albæ, Subsect. Dahuriæ (Regel) Schneid. Illus. Handb. Laubholzk. I. (1906) p. 109.

Betula Gruppe 1. Albæ, Prantl Nat. Pfanzenf. III. i (1889) p. 45.

Arbor excelsa. Cortex albidus v. griseus profunde durumpens. Folia infra resinoso-punctata. Amenta ♀ erecta. Squamæ lobi laterales truncati. Alæ samaræ nucem superantes.

2. Betula davurica, Pall.

3. **Fruticosæ,** Regel in DC. Prodr, XVI. ii. (1868) p. 169.

Betula Sect. C. Humiles, Schneid. Illus. Handb. Laubholzk. (1906) p. 103. pp.

Betula Gruppe 2. Himiles, Prantl in Nat, Pflanzenf. III. i. (1889) p. 45. p.p.

Betula Sect. Eubetula, Subsect. Albæ, H. Winkl. (1904) p. 74. p.p.

Frutex. Cortex trunci cinereus chartaceo-solutus. Folia infra resinoso-punctata. Amenta ♀ erecta. Alæ squamæ oblongæ porrectæ v. divergentes. Alæ samaræ nuce æquantes v. angustiores.

3. Betula fruticosa, Pall.

4. **Ermani,** Nakai.

Betula Sect. Eubetula Subsect. Costatæ, Regel in DC. Prodr. XVI. 2. (1868) p. 169. p.p.

Betula Gruppe 3. Costatæ (Regel) Prantl in Nat. Pflanzenf. III. i. (1889) p. 45. p.p.

Betula Sect. costatæ (Regel) Kœhne Deutsch. Dendrol. (1893) p. 107. Schneid. Illus. Handb. Laubholzk. I. (1906) p. 98.

Arbor excelsa v. mediocris v. humilis. Cortex albus v. cinereus chartaceo-solutus. Folia infra resinoso-punctata. Amenta ⚤ erecta. Lobi laterales squamæ elongati. Alæ samaræ membranaceæ nucem æquantes v. ea angustiores.

4. Betula Ermani, Cham.
5. Betula Saitoana, Nakai.
6. Betula costata, Trautv.

5. **Asperæ,** Nakai.

Betula Sect. Eubetula Subsect. Costatæ, Regel in DC. Prodr. XVI. 2. (1868) p. 169 p.p. H. Winkel. Betul. (1904). p. 57. p.p.

Betula Gruppe 3. Costatæ (Regel) Prantl in Nat, Pfanzenf, III.

i. (1889) p. 45, p.p.

Betula Sect. Costatæ (Regel) Kœhne Deutsch. Dendrol. (1893) p. 107. p.p. Schneid. Illus. Handb. Laubholzk. I. (1906) p. 98 p.p.

Arbor mediocris v. excelsa. Cortex haud solutus asper cinereus v. fusco-cinereus. Folia infra resinoso-punctata. Amenta ♀ erecta elongata. Lobi squamæ laterales angusti. Nux marginata sed non membranaceo-alata.

7. Betula Schmidtii, Regel.

6. **Chinenses,** Nakai.

Betula Gruppe 3. Costatæ, Prantl in Nat. Pflanzenf. III. i. (1889) p. 45, p.p.

Betula Sect. Eubetula Subsect, Costatæ, H. Winkl. Betul. p. 57 p.p.

Arbor humilis, Cortex transverse durumpens cinereus. Folia infra rarius punctata. Amenta ♀ globosa erecta. Lobi squamæ angusti. Nux marginato-alata.

8. Betula chinensis, Maxim.

如上ノ如ク分類スルルトキ朝鮮産九種ノかんばハ次ノ如ク各亞屬ニ入ル。

1 亞屬
　　まんしうしらかんば
2 亞屬
　　こをのをれ
　　てふせんをのをれ (Betula Rosæ) (本編ニ圖解セズ)。
3 亞屬
　　ちゃぼをのをれ
4 亞屬
　　えぞのだけかんば
　　ちゃぼだけかんば一名さいとうかんば
　　てふせんだけかんば
5 亞屬
　　をのをれ
6 亞屬
　　しなかんば

13. まんしうしらかんば

（第 拾 四 圖）

喬木、樹膚ハ白ク紙狀ニ剝脱ス、若枝ニハ腺點生ジ白キ皮目ノ斑點アリ、葉
ハ廣卵形、 基脚ハ廣クトガルカ又ハ截形、 下面ニハ葉脈ノ分岐點ニ毛アル
事アリ、邊緣ノ鋸齒ハ不同ナリ、 上面ニハ微細ノ毛疎生ジ下面ト共ニ脂點
アリ、 葉柄長ク葉身ノ半乃至同長ニ達ス、果穗ハ一個又ハ二個宛生ジ下垂
ス、基部ニ向ヒ漸次細マル、花梗細シ、苞ハ毛アリ、側葉ハ四角形、圓形又
ハ橢圓形ナリ、 翅果ノ翼ハ膜質ニシテ果實ノ一倍乃至一倍半ノ廣サアリ、
花柱二個。

產地、北部ノ森林。

分布、滿洲。

本種ハレーゲル (Regel) 氏ハ Betula alba ノ變種トシヴィンクレル
(Winkler) 氏並ニコマロフ (Komarov) 氏ハ「おほばしらかんば」ト目セリ。
余ハ其何レヨリモ異ナル事ヲ主張スルモノナリ、 Betula alba ハ 1753 年
C. Linné 氏ノ記述セル歐洲產ノ植物ナルガ氏ハ二種ノ植物ヲ併セテ其學名
ノ下ニ記セルナリ、二種トハ Betula verrucosa, Ehr. ト Betula pubes-
cens, Ehr. ナリ、前者ハ枝ニ腺點ノアル事ハ「まんしうしらかんば」ニ類ス
レドモ穗太ク果翼廣ク、且苞ノ翼ハ下方ニ彎曲スルヲ以テ一見區別シ得。又
後者ハ枝ニ腺點ナキ上ニ果穗モ太ク決シテ同一種又ハ變種ノ關係アルモノ
ト目スベカラズ。 又「おほばしらかんば」ハ果穗ヲ附クル枝ノ葉ハ本種ノモ
ノヨリ大ニシテ其基脚ハ通例截形又ハ彎入シ穗太ク果實ノ翼ハ本種ノ夫レ
ノ二倍ニモ達ス。 故ニ余ハ全然夫レ等ノ種ヨリ獨立セルモノナル事ヲ主張
ス。

13. **Betula mandshurica,** (Regel) Nakai.

B. alba subsp. mandshurica, Regel in Bull. Soc. Nat. Mosc.
XXXVIII. p. 399 t. 7 f. 15 et in DC. Prodr. XVI. ii. p. 168.

B. latifolia, Kom. Fl. Mansh. II. p. 38. p.p.

B. japonica v. mandshurica, (Regel) H. Winkelr Betul. p. 78.
Nakai Fl. Kor. II. p. 202.

Arbor alta. Cortex albus chartaceo durumpens. Ramus juvenilis
glandulosus, lenticellis albis punctulatus. Folia late ovata, basi late-

cuneata v. subtruncata, infra ad axillas venarum rarius pubescentia, inæqualiter serrata, supra sub lente secus venas sparse ciliolata v. glabra resinoso-punctulata, infra pallidiora reginoso-punctulata, apice acuminata, petiolis elongatis gracilioribus, lamina æquilongis v. duplo brevioribus. Amenta ♀ solitaria v. bina pendula ad pedunculum gracilem attenuata. Squamæ pubescentes, lobis lateralibus quadrangularibus v. rotundatis horizontalibus, lobis intermediis lanceolatis, late-lanceolatis v. oblongis. Samaræ alæ membranaceæ nucem 1–1½ plo superantes. Nux compressa fusiformis. Styli bini breves.

Hab. in silvis Coreæ septentrionalis.

Distr. Manshuria.

14. こ を の を れ

（第 拾 五 圖）

喬木、皮ハ帶灰褐色又ハ灰色厚ク剥脱ス、若枝ニハ腺點多シ、葉ハ卵形、基脚ハトガルカ又ハ截形先端トガル邊緣ニハ不規則ノ鋸齒アリ、上面ハ綠色下面ハ淡綠色且多數ノ脂點アリ、葉脈ニハ微毛生ズ、雄花穗ハ枝ノ先端ヨリ下垂ス、長サ六乃至七セメニ達ス、苞ハ褐色ニシテ緣ニ毛アリ、葯ハ黃色、雌花穗ハ直立シ花梗短カク穗ノ長サ二乃至二、五セメアリ、苞ハ厚ク中葉ハ長橢圓形又ハ廣披針形、側葉ハ短カク四角、倒卵形、圓形、卵形等アリ側葉ノ形ニ依リ外形種々ニ異ナル、苞ニ脂點アルトナキモノトアリ、翅果ノ翼ハ廣シ。

産地、　京畿、江原、黃海、平安、咸鏡ノ山地。

分布、　日本(本島中部)、烏蘇利、黑龍江流域地方。

14. **Betula davurica.** Pall.

Fl. Ross. I. p. 60. t. 39. fig. A. Ledeb. Fl. Ross. III. p. 651. Burkill in Journ. Linn. Soc. XXVI. p. 498. Palib, Consp. Fl. Kor. II. p. 48. Kom. Fl. Mansh. II. p. 45. H. Winkler Betul. p. 86. Schneid. Illus. Handb. Laubholzk. I. p. 109. fig. 60. p. fig. 57. k–k₁. Nakai Fl. Kor. II. p. 203.

B. davurica var. Maximowicziana, Trautv. (forma. 1. et 2). in
Maxim. Prim. Fl. Amur. p. 250.

B. davurica v. typica, Regel in DC. Prodr. XVI. 2. p. 174.

Arbor rectus. Cortex griseo-fuscens v. cinereus profunde
durumpens. Rami dense glandulosi. Folia ovata basi acuta v.
subtruncata apice acuta v. breviter acuminata, inæqualiter serrata,
supra viridia, infra pallidiora et reginoso-punctulata, secus venas
pilosa. Amenta ♂ ab apice rami pendula 6–7 cm longa. Squamæ
fuscæ margine ciliolatæ. Antheræ flavæ. Amenta ♀ erecta brevi-
pedunculata 2–2.5 cm longa. Squamæ crassæ lobis intermediis
oblongis aut lanceolatis, lateralibus abbreviatis quadrangularibus,
obovatis, ovatis v. rotundatis impunctatis v. reginoso-punctatis.
Samaræ alæ nucem superantes. Styli persistentes breves.

Hab. in montibus et in silvis Coreæ mediæ et sept.

Distr. Nippon media, Ussuri et Amur.

15. ちゃぼをのをれ

（第 拾 六 圖）

灌木、大ナルハ高サ三米突ニ達ス。老幹ノ皮ハ灰白色ニシテ剝脫ス。若枝ニ
ハ毛アルト同時ニ脂點多シ、葉脚楔形、先端トガリ。外形ハ圓形又ハ卵形ナ
リ。上面ニ微毛アリ。下面ハ一面ニ脂點アリ且ツ葉脈ニ毛アリ。葉身ノ長
サハ大ナルハ四セメ幅三セメニ達シ邊緣ニハトガレル鋸齒アリ。側脈ハ兩
側ニ各五本乃至七本アリ。雄花穂ハ一二個宛枝ノ先端又ハ側方ノ芽ヨリ生
ジ下垂シ長サ五乃至六セメ許、雌花穂ハ若枝ノ先端ニ生ジ花梗アリ長サ一
セメニ充タズ。果穂ハ直立シ長サ一乃至一、五セメニ達ス。苞ノ葉片ハ橢圓
形又ハ廣披針形ナリ。翅果ハ翼アリ。翼ハ果實ノ幅ト同ジキカ又ハ狹シ。

産地、白頭山地方。

分布、北滿洲、黑龍江流域、バイカル地方、アルタイ連山。

露人コマロフ (Komarov) 氏ガ北朝鮮茂山附近ニテ採收セルモノノ中ニ全
然枝ニ脂點ナキモノアリ。葉形ハ本種ニ同ジク氏モ亦本種ト同種ト考ヘタ
リ。左レドモ花穂、果穂共ニナク果シテ別種ナルヤ否ヤヲ詳ニシ難シ。

15. Betula fruticosa, Pall.

Fl. Ross. I. p. 62. t. 40. f. B. Regel in DC. Prodr. XVI. 2.

p. 169. Trautv. in Maxim. Prim. Fl. Amur. p. 254. Kom. Fl. Mansh. II. p. 50. H. Winkler Betul. p. 87. Schneid. Illus. Handb. Laubholz. I. p. 103. fig. 56. d–ᴣ. Nakai Fl. Kor. II. p. 203.

Frutex usque 5 m. Cortex cinereo-albus. Ramus juvenilis pilosus et reginoso-glandulosus. Folia e basi cuneato-rotundata v. ovata, acuta v. rotundata, supra pilosa demum glabra, subtus secus venas pilosus et glanduloso-punctulata. (4 cm longa—3 cm lata, 2.5–1.3, 2.5–2.0, 2.0–1.3 etc.) nervis lateralibus utrinque 5–7. Amenta ♂ 1–2 ab apice rami pendula usque 5–6 cm. Amenta ♀ solitaria brevipedunculata cylindrica. Amenta fructifera oblonga v. cylindrico-oblonga. Squamæ lobi oblongi v. lanceolati. Samaræ alatæ. Alæ nuce æquantes v. angustiores.

Hab. in silvis Corea sept.

Distr. Manshuria, Amur. Baical et Altai.

16. えぞのだけかんば

（第 拾 七 圖）

喬木又ハ灌木高キハ七米突ニ達ス。 通例下方ヨリ分岐多シ、幹ノ皮ハ白色又ハ褐白色、紙狀ニ剝脱ス。 若枝ハ光澤アリ栗皮色最初毛アレドモ脱落ス、白キ皮目ノ斑點アリ。 葉柄ハ葉身ノ半分又ハ葉身ト同長ナリ。 葉身ハ卵形、廣卵形、基脚截形、又ハ心臟形又ハ廣クトガル。 邊緣ノ鋸齒ハ枝ニ依リ不同ナレドモ若枝ノ方深シ。 下面ニハ疎ラナル脂點アリ。 雄花穗ハ枝ノ先端ヨリ下垂シ三乃至五セメ、雌花穗ハ直立シ楕圓形ハ又ハ圓筒狀、苞ハ三叉シ邊緣ニ毛アリ。 翅果ノ翼ハセマシ。

産地、濟州島漢拏山、智異山其他中部北部ノ諸山。

分布、黑龍江流域、滿洲、樺太、北海道、カムチヤツカ、本島。

本種ハ剞物ヲ作ルカ。 薪トナスノ外特ニ著シキ用ヲナサズ。 之レ分岐多ク材用トシテ價値ナキヲ以テナリ。 然レドモ山上ノ疲地ニ生育スルヲ以テ水源保護林ノ分子トシテ利用スルニ適ス。

智異山ノ寺僧ガ藥水トシテ參詣者ニ供スルハ本種ノ幹ヨリ出ヅル水ト「いたやかへで」ヨリスルモノトヲ主トス。

16. **Betula Ermani,** Cham.

in Linnæa VI. (1831) p. 537. t. 6. fig. D. Ledeb. El. Ross. III. p. 653. Regel in DC. Prodr. XVI. 2. p. 176. Kom. Fl. Mansh. II. p. 49. H. Winkler Betul. p. 66. Schneid. Illus. Handb. Laubholzk. I. (1906) p. 102. fig. 53. f—g$_2$. fig. 54. l—l$_2$. Nakai Fl. Kor. II. p. 201.

Frutex v. arbor usque 7 m alta, vulgo a basi ramosus. Cortex trunci griseus v. griseo-fuscens, chartaceo durumpens. Ramus juvenilis purpureo-castaneus glandulosus pilosus mox glabrescens, lenticellis albis punctatis. Folia petiolis foliis 1–2 plo brevioribus, ovata v. late ovata, basi truncata leviter cordata v. late acuta, rami lateralis inciso-serrata, adulti inæqualiter serrata, infra secus venas pilosa et sparsim reginoso-punctulata. Amenta ♂ pendula 5–3 cm. Amenta ♀ erecta oblonga v. cylindrica. Squamæ trifidæ margine ciliatæ. Samaræ alis membranaceis nuce angustioribus. Styli breves. Nux olivacea,

Hab. Quelpaert et in montibus subalpinis Peninsulæ.

Distr. Nippon, Yeso, Sachalin, Kamtschatica, Amur et Manshuria.

17. ちゃぼだけかんば

一名齋藤かんば。（第拾八圖）

灌木高サ一米突半分岐多ク丸ク集團ス。樹膚ハ白色又ハ褐白色剝脱ス。若枝ハ帶紫栗色、白キ皮目ノ斑點アリ。葉ハ小ニシテ卵形ナリ最大ノモノニテモ長サ五セメヲ出デズ。下面ハ葉脈ニ沿フテ毛アリ殆ンド脂點ナシ。雄花穗ハ圓筒狀、雌花穗ハ長橢圓形又ハ筒狀苞ハ細ク、三叉シ邊緣ニ毛アリ。果實ハ卵形又ハ廣卵形オリーブ色先端ニ微毛生ジ。花柱長シ、翅ハ果實ヨリ狹シ。

産地、濟州島漢拏山上、智異山天王峯上。

朝鮮特産ノ稀品ナリ。恐ラク「えぞのだけかんば」ヨリ變化セシモノナルベシ其習性ハ但シ大ニ異ナル。

山林課長齋藤音作氏ガ朝鮮造林上ノ功ヲ記念セン爲メ 1905 年維納萬國植物學會ニテ規定セル條件ニ從ヒ Betula Saitoana ノ學名ヲ附ス。

17. **Betula Saitoana,** Nakai.

Frutex 1.5 m. ramosissimus ambitu sphæroidalis. Ramus purpureo-castaneus, lenticellis albis sparim punctulatus. Folia parva ovata maxima 5 cm longa infra secus venas pilosa, inæqualiter serrata. Amenta ♀ erecta cylindrica. Squamæ angustæ trifidæ margine pilosæ. Nux ovata v. late ovata olivacea apice pilosa, stylis nuce sesquiplo brevioribus coronata, alis nucem leviter angustioribus fuscentibus.

Hab. in summo montium Hallaisan et Chirisan.

Planta endemica.

18. てふせんみねばり

(第 拾 九 圖)

喬木高サ三十米突ニ達ス、樹膚ハ白褐色又ハ白色紙狀ニ剝離ス皮目ハ水平ニ出デ線狀ナリ。葉ハ長卵形又ハ帶卵橢圓形殆ンド平滑ナリ。葉柄ノ長サ一乃至一セメ半、側脈ハ兩側ニ各十二本乃至十六本アリ。葉裏ニ脂點散在ス。若枝ニハ白キ皮目ノ斑點アリ。果穗ハ丸キカ又ハ橢圓形、花梗短カシ。苞ハ長サ六ミリ三叉シ、苞葉ハ橢圓形、卵形又ハ倒卵形ナリ、果實ハ卵形、廣卵形等アリ。翼ハ果實ヨリ狹ク薄シ。

産地、智異山並ニ北部ノ山地。

分布、黑龍江流域地方。

獨ノヴヰンクレル (Winkler) 氏ハ之レヲ日本産ノ「よぐそみねばり」ノ變種トシシュナイデル (Schneider) 氏ハ「よぐそみねばり」ト同種トセルモ何レモ非ナリ、其相違次ノ如シ。

よ ね ぐ ば そ り み	樹膚灰色稍アツク橫ニ剝グ、皮目ハ披針形ナリ。葉ハ卵形又ハ長卵形、果穗ハ橢圓形又ハ圓筒狀、苞ノ側葉ハ著シク橫ニ開ク。
て み ふ ね せ ば ん り	樹膚ハ帶褐色ウスク紙狀ニ剝グ、皮目ハ細シ、葉ハ長卵形又ハ帶卵橢圓形、果穗ハ球形又ハ橢圓形、苞ノ側葉ハ銳角ヲナシテ開ク。

18. Betula costata. Trautv.

in Maxim. Prim. Fl. Amur. p. 253. Kom. Fl. Mansh. II. p. 43
B. ulmifolia var. costata, (Trautv.) H. Winkl. Betul. p. 64.
B. ulmifolia, Schneid. Illus. Handb. Laubholzk. I. p. 101. p. p.
Species affinis Betulæ ulmifoliæ, sed exqua sequenti modo distinguenda.

Betula ulmifolia, Sieb. et Zucc.

Cortex trunci cinereus lamelleo-durumpens. Lenticellus subulatus horizontalis. Folia ovata aut oblongo-ovata, secus venas pilosa aut hirtella. Amenta ♀ oblonga aut oblongo-cylindrica. Squamæ margine hirsutæ, lobis lateralibus divaricatis.

Betula costata, Trautv.

Cortex trunci griseo-fuscens papyraceo-solutus. Lenticellus horizontalis linearis. Folia ovato-oblonga aut late lanceolata fere glabrescentia. Amenta ♀ oblonga aut fere globosa. Squamæ margine brevissime ciliolatæ v. glabræ, lobis lateralibus obovatis divergentibus.

Arbor 30 m alta. Cortex trunci griseo-fuscens papyraceo-solutus. Lenticellus horizontalis linearis. Ramus glaber castaneus, lenticellis albis punctulatus. Folia oblongo-ovata aut late lanceolata inæqualiter aut subæqualiter serrata, peliolis 1–1.5 cm longis, nervis lateralibus utrinque 12–16, subtus reginoso-punctulata. Amenta fructifera globosa aut oblonga brevipendunculata aut subsessilis. Squamæ 6 mm longæ trifidæ, lobis oblongis aut ovatis aut obovatis. Nux ovata aut late-ovata, alis nuce angustioribus membranaceis, apice ciliata, stylis binis persistentibus coronata.

Hab. in montibus Chirisan.

Distr. Amur.

19. を の を れ

（第 貳 拾 圖）

喬木高サ三十米突ニ達ス、樹膚ハ灰色又ハ暗灰色粗糙ナレドモ剝脱セズ、若
枝ニハ脂腺アレドモ後平滑トナル、皮目白色、葉身ハ卵形、側脈ハ各側ニ九
本乃至十本アリ上面ハ綠色、下面ハ微毛アリ、且脂點アリ、邊緣ノ鋸齒ハ不
同ナリ、雄花穗ハ枝ノ先端ヨリ下垂ス、果穗ハ直立シ細長シ、苞ハ三叉シ
分岐細ク邊緣ニ微毛生ズ、果實ハ極メテ狹キ翅アリ。

　産地、　咸鏡、平安、江原ノ諸山並ニ智異山。

　分布、　滿洲、本島ノ中部。

本種ノ材幹堅硬緻密ナル故砧ノ棒ヲ作ル故ニ「バクタールナム」ノ名アリ、
日光ニテハ「おのをれ」ト云フハ「斧折レ」ノ意ニシテ幹ヲ伐ルニ反テ斧折ル
ルト云フナリ。

19. **Betula Schmidtii.** Regel

in Bull. Soc. Nat. Mosc. (1865) p. 412. et in DC. Prodr. XVI.
2. p. 175. Herder in Act. Hort. Pétrop. XII. p. 68. Kom. Fl.
Mansh. II. p. 52. Winkler Betul. p. 62. Nakai Fl. Kor. II. p. 201.

B. punctata, Lévl. in litt. fide Faurie.

Arbor excelsa usque 30 m. Cortex trunci asper non durumpens
cinereus v. atro-cinereus. Rami juveniles glandulosi demum glab-
rescentes castanei, lenticellis albis punctulati. Folia ovata, petiolis
pilosis, venis lateralibus utrinque 9–10, supra viridia, infra pallida
et reginoso-punctata, inæqualiter serrata. Amenta ♂ ab apice
rami pendula, bracteis fuscis. Amenta ♀ erecta elongata angusta.
Squamæ trifidæ, lobis angustis margine pilosulis. Nux marginato-
alata.

Hab, in montibus Coreæ sept. et mediæ et in Chirisan.

Distr. Manshuria et Nippon media.

20. しなかんば(一名 たうかんば)

(第 貳 拾 壹 圖)

小喬木、樹膚ハ灰色、皮目ハ平針狀、枝ハ暗灰色ニシテ白キ皮目ノ斑點ア
リ、葉柄ニ毛アリ、葉身ハ卵形又ハ圓形ヲ帶ブ基脚ハ丸キカ又ハ凹ム、側
脈ハ兩側ニ各八本乃至十本アリ、下面ハ葉脉ニ沿ヒテ毛アリ脂點ナシ、雄
花穗ハ枝ノ先端ヨリ下垂シ細シ、果穗ハ丸キカ又ハ廣橢圓形徑一セメ半乃
至二セメアリ、苞ハ傾上シ三叉シ苞葉ハ細シ、果實ハ卵形殆ンド翼ナシ。

産地、中部北部ノ山地。

分布、北支那、滿洲、本島中部。

一種果實ノ細長キアリ(第二十一圖 g.)「ほそみのしなかんば」ト云フ平安道
ノ産ナリ。

20. Betula chinensis, Maxim.

in Bull. Soc. Nat. Mosc. (1879) p. 47. Burkill in Journ. Linn.
Soc. XXVI. p. 498. Kom. Fl. Mansh. II. p. 42. Winkler Betul.
p. 67. Schneid. Illus. Handb. Laubholzk. II. p8 84. Fig. 553a. b.
l. m. Nakai Fl. Kor. II. p. 202.

B. exaltata, S. Moore in Journ. Linn. Soc. XVII. p. 386. t. 16 fig.
8–10.

B. Fauriei, Lévl. in litt. fide Faurie.

Arbor humilis. Cortex trunci cinereus, lenticellis oblongo-line-
aribus horizontalibus. Ramus atro-cinereus, lenticellis elevatis albis
punctatus. Folia petiolis pilosis, ovata basi rotundata v. leviter
cordata v. truncata, venis lateralibus utrinque 8–10, infra secus
venas pilosa. Amenta ♂ ab apice rami pendula gracilis. Amenta
fructifera globosa v. oblongo-globosa diametro 1.5–2 cm. Squamæ
ascendentes trifidæ, lobis angustis margine ciliatis. Semen mar-
ginatum ovatum.

Hab. in montibus Coreæ mediæ et sept.

Distr. China bor., Manshuria et Nippon media.

var. **angusticarpa,** H. Winkler l. c.

Folia cordato-ovata. Nuculæ late oblanceolatæ.

Hab. in silvis Phyöng-an-dô.

Distr. China bor.,

第四族、はんのき族　Alneæ, Nakai.

第五屬、はんのき屬　Alnus, (Brunf.) Tournef. Instit. Rei Herbariæ
I. (1700) p. 587. III. tab. 359.

花ハ單性、雌雄同樣、雄花ハ長キ穗ヲナシ枝ノ先端ニ生ジ下垂シ各苞ニ三
個乃至五個ヲ有ス、此苞ハ相重ナリテ一個ノ鱗片トナル、雄花ハ三個乃至
四個宛其苞ノ下ニ生ジ各四個ノ萼片ヲ有シ、萼片ニ對シテ各一個ノ雄蕋ア
リ、(稀ニ雄蕋五個トナル)、花穗ハ花後其レニ附屬スル小枝ト共ニ脫落ス
ルヲ常トス、雌花ハ枝ノ先端ニ橢圓形又ハ帶卵橢圓形ノ穗ヲナシ一二個乃
至數個宛穗狀ニ排列シ直立ス、各苞ニハ二個ノ雌花ヲツク、雌花ハ花被ナ
ク子房ハ二室、花柱ハ二個アリ、各室ニ一個ノ下垂スル胚珠ヲ有スレドモ成
熟スレバ一方ハ退化シ爲メニ果實ハ一室ノ觀ヲナス、果實ハ扁平ニシノ翼
アリ、翼ハ種類ニ依リ廣狹ヲ異ニス。
灌木又ハ喬木、葉ハ互生ナリ、根ニハ根癌バクテリアヲ宿シ瘠地ニモ生育
ス、山地、河畔等ニ多シ、世界ニ約二十種朝鮮ニ三種二變種ヲ產ス。

21.　まんしうはんのき
(第貳拾貳圖)

灌木、大ナルハ高サ四米突ニ達ス、分岐多シ、葉柄ハ一セメ乃至二セメ餘、
葉身ハ卵形又ハ長卵形又ハ橢圓形、兩端トガルカ又ハ基脚ハ丸シ、長サ六乃
至十セメ幅二セメ半乃至七セメ半許、下面ニハ脂點アリ且ツ葉脈ニ微毛生
ジ邊緣ニ小鋸齒アリ、雄花穗ハ長サ四セメ乃至八セメ直徑一珊許一二個宛
枝ノ先端ヨリ下垂ス、雌花穗ハ分岐多ク橢圓形長サ一珊乃至一珊半幅ハ七
ミリ乃至九ミリナリ、果實ハ翼アリ長サ二ミリ、花柱二個短カシ。

　產地、北部ノ山地。

　分布、滿洲。

本種ハおくやまはんのき (Alnus fruticosa, Rupr.) ノ一變種ニシテ其レ
ヨリ葉柄長ク葉尖ノトガリ少キニ依リ區別シ得、日本內地ニハ未發見ナリ、
おくやまはんのきハ分布廣ク加奈陀、アラスカ、カムチヤツカ、西比利亞等
ニアリ日本領內ニハ北海道並ニ樺太ニノミ產ス、日本ニテ「みやまはんのき」
ト云フモノアリ、從來其學名トシテ Alnus fructicosa ヲ用キレドモ不可ナ
リ、Alnus Maximowiczii, Callier ヲ用フベシ、如何トナレバ「みやまはんの
き」ノ葉脚ハ凸入アリ一見其異ナルヲ知リ得、獨ノ Winkler 氏カおくやま
はんのきヲ歐洲產ノ Alnus alnobetula ノ變種トスレドモ之レ又不可ナリ、
おくやまはんのきノ葉並ニ果實群ハ Alnus alnobetula ノ二倍ノ大サアリ。

21. Alnus fruticosa. Rupr.

Flores Samojedorum cisuralensium (1845) p. 53. n. 249.

var. **mandshurica,** Callier ex Kom. Fl. Mansh. II. (1904) p. 59. Schneid. Illus. Handb, Laubholzk. I. (1906) p. 121. in Fedde Rep. X. p. 226.

forma **normalis,** Callier in Fedde Rep. X. p. 226. Schneid. l. c. p. 888.

Frutex usque 5 m altus ramosus. Folia petiolis 1–2.2 cm longis, laminis ovatis aut oblongo-ovatis aut oblongis utrinque acutis v. basi obtusis 6–10 cm longis 2.7–7.5 cm latis, infra reginoso-punctulatis secus venas pilosis, margine serrulatis. Inflorescetia ♂ ab apice rami annotini pendula 1–2 v. plures 4–8 cm longa, diametro 1 cm. Inflorescentia ♀ racemosa. Spica ellipsoidea 1–1.5 cm longa 7–9 mm lata, squamis duriusculis. Fructus distincte alatus 2 mm longus, stylis 2 brevibus coronatus.

Hab. in montibus Coreæ septentrionalis.

Distr. Manshuria.

22. は ん の き

（第 貳 拾 參 圖）

通例直立セル喬木高サ十五米突ニ達ス、若枝ニ微毛アルカ又ハ無毛ナリ、葉柄ノ長サハ五ミリ乃至二珊餘、 葉身ハ長橢圓形又ハ廣披針形又ハ帶卵橢圓形又ハ廣倒披針形、 基脚ハトガルカ又ハ丸ク先端ハ常ニ著シクトガル、兩面平滑ナルカ又ハ微毛アリ、 雄花穗ハ前年ノ枝ノ先端ニ生ジ長サ四珊乃至九珊許一二個宛ツク、早春花咲ク、花ハ各苞ニ三個乃至四個宛生ズ、花被四個雄蕋ハ各花被ニ一個宛着生ス、雌花ハ二個宛各苞ニツク、 果穗ノ長サ一珊半乃至二珊、幅一珊以上アリ、翅果ハ扁平、廣橢圓形又ハ倒卵形僅カニ翼アリ。

産地、半島ノ各地特ニ中部ニ多シ。

分布、北海道、本島、四國、九州、滿洲。

本種ハ北米産ノ Alnus maritima ニ近キ種ナレドモ後者ニアリテハ葉ハ倒卵形カ又ハ橢圓形ニシテ幅著シク廣シ、一種葉ニ褐毛アルアリ、「けはんのき」ト云フ。

22. **Alnus japonica**. Sieb. et Zucc.

Fl. Jap. Fam. Nat. II. p. 230. Miq. Prol. Fl. Jap. p. 69. Sargent Forest Fl. Jap. p. 63 t. 20. Shirasawa Iconogr. t. 9. f. 18–34. Kom. Fl. Mansch. II. p. 60. Winkler Betul. p. 114.Nakai Fl. Kor. II. p. 204. Call.·in Schneid. Handb. I. p. 126.

A. japonica var. genuina, Call. in Fedde Rep. X. p. 228.

A. japonica var. minor, Miq. Prol. p. 69.

A. maritima var. japonica, Regel in DC. Prodr, XVI. 2. p. 186. Fr. et Sav. Enum. Pl. Jap. I. p. 457. Matsum. Rev. p. 7. Palib. Consp. Fl. Kor. II. p. 48.

A. Harinoki Japon ex Sieb. Syn. Pl. Oecon. Univ. Jap. (1827) p. 25.

Arbor stricta usque 15 m alta. Ramuli juveniles glabri v. pilosi. Folia distincte petiolata, petiolis 0.5–2.8 cm longis glabris v. pilosis, laminis 2.5–12 cm longis oblongo-lanceolatis v. lanceolatis v. late-lanceolatis v. ovato-lanceolatis v. oblanceolatis basi vulgo acutis v. obtusis apice attenuatis rarius obtusis inæqualiter v. subæqualiter serrulatis, utrinque glabris v. pilosis. Inflorescentia ♂ ad apicem rami annotini evoluta racemosa v. solitaria v. binata 4–9 cm longa, florens in mense Feb.-Mart. Bracteæ. fuscæ squamosæ Bracteolæ 3—5 imbricatæ ad bracteam adnatæ. Flores in quaque bractea 3–4, perigonii sagmentis oblongis 4, staminibus segmenta perigonii oppositis 3–4, filamentis brevibus inclusis, antheris exertis 1 mm longis bilocularibus flavis. Flores ♀ ad basin bracteæ persistentis dispositi bini et spicas erectas oblongo-ovatas formantes. Spica fructifera 1.5–2 cm longa 1–1.3 cm lata. Fructus compressi late oblongi v. obovati leviter alati fusci, stylis brevibus persistentibus coronati.

Hab. in montibus et secus flumibus v. in silvis Coreanæ peninsulæ.

Distr. Yeso, Hondo, Shikoku, Kiusiu et Manshuria.

var. **koreana,** Call. in Fedde Rep. X. p. 229.

Rami juveniles foliaque rufo-villosula.

Hab. in montibus Ouensan.

Planta endemica.

23. しべりあはんのき

（第 貳 拾 四 圖）

喬木高サ六米突乃至七米突ニ達ス、葉柄ノ長サ一珊半乃至五珊半、葉身ノ
長サ五珊乃至十七珊、幅ハ四珊乃至十七珊アリ、邊緣ニハ缺刻アリ、鋸齒ハ
疎大ナリ、上面ハ綠色、裏面ハ淡綠色又ハ帶白色先端トガル基脚ハ丸キカ
又ハ凹ミ最小ノ葉ニアリテハトガルモノアリ、葉脈ニ毛ナキカ又ハ褐毛ア
リ、雄花穗ハ一二個宛生ジ下垂シ大ナリ、果穗ハ橢圓形長サ二珊乃至二珊
半幅一珊以上アリ、翅果ハ扁平翼セマシ。

　産地、　半島ノ山地ニ生ズ。

　分布、　滿洲、黑龍江省、西比利亞ノ東部。

本種ヲ歐洲產ノ Alnus incana ノ變種トスルハ不可ナリ、Alnus incana ノ
葉ハ小ニシテ長ミアリ、果穗モ亦小ナリ。

日本ニハ本種ナシ「やまはんのき」ト云フハ Alnus tinctoria, Sarg. ノ學名
アルモノニテ葉ノ基脚概子トガリ果穗ノ苞ハ ウスク 且小ナリ。　一種若枝並
ニ葉ニ褐毛密生スルモノアリ、「けやまはんのき」ト云フ、北部森林中ニアリ。
本島、四國、滿洲、樺太ニ分布ス。

23. **Alnus sibirica.** Fischer.

ex Turcz. Cat. Baic-Dah. (1838) n. 1063. Kom. Fl. Mansh. II.
p. 57. Call. in Schneid. Handb. I. p. 133.

A. incana var. sibirica, Spach in Ann. Sc. Nat. 2 ser. XV. (1841)
p. 207. Ledeb, Fl. Ross. III. p. 656, Regel in DC. Prodr. XVI. 2.
p. 189. Nakai Fl. Kor. II. p. 204.

A. incana var. glauca, Herder in Act. Hort. Petrop. XII. p. 77.
Palib. Consp. Fl. Kor. II. p. 48.

Arbor usque 6–7 m. ramosa. Folia distincte petiolata, petiolis 1.5–
5.5 cm longis glabris v. pilosis v. rufo-puberulis, laminis orbicularibus
5–17 cm longis 4–17 cm latis sublobulato-incisis et argute dentatis,
supra viridibus infra pallidioribus et glaucinis, apice acutis basi
subcordatis v. rotundatis v. in foliis minimis acutis, secus venas
glabris v. rufo-puberulis. Inflorescentia ♂ racemosa v. 1–2, pendula
magna. Spica fructifera oblonga 2–2.5 cm longa 1.2–1.4 cm lata.
Nux compressa anguste alata.

Hab. in montibus Peninsulæ Coreanæ.

Distr. Sibiria orient., Manshuria et Amur.

var. **hirsuta** (Turcz.), Nakai.

Alnus hirsuta, Turcz. Cat. n. 1064. Kom. Fl. Mansch. II. p. 54. Call. in Sehneid. Handb. I. p. 133.

A. incana v. hirsuta, (Turcz.) Spach in Ann. Sc. Nat. 2 ser. XV. p. 207. Ledeb. Fl. Ross. III. p. 656. Regel in DC. Prodr. XVI. 2. p. 189. Winkler l. c. p. 123. Nakai l. c.

Folia rotundata v. late-elliptica supra pilosa infra villosula,

Hab. in silvis Coreæ septentrionalis.

Distr. Manshuria, Sachalin, Nippon et Shikoku.

（六） 朝鮮產樺木科植物ノ和名、朝鮮名、 學名ノ對稱

和　　名	朝　鮮　名	學　　名
テフセンハシバミ	Kyai-kun-nam（全南） Kyai-kon-nam（京慶平／畿南北）	Corylus　heterophylla, Fisher.
ツノハシバミ		Corylus Sieboldiana, Bl.
コツノハシバミ		Corylus Sieboldiana, Bl. var. mitis, Nakai.
オホツノハシバミ	Mul-kyai-tal-nam, Kayan-nam（平北） Mul kyai-yan-nam（咸南） Mul kyai com nam（江原、慶南）	Corylus　mandshurica, Max.
ツボハシバミ		Corylus　hallaisanensis, Nakai.
アサダ		Ostrya japonica, Sarg.
サイシウイヌシデ	Sho-nam（濟州島）	Carpinus Fauriei, Nakai.
イヌシデ	Sho-nam（濟州島） So nam（慶南、全南）	Carpinus　Tschonoskii, Max.
サハシバ	Nodulnonnam（全南） Saokuinam（濟州） Natpangnam（江原） Kajiipaktar, Mulpaktarnam（平北）	Carpinus cordata, Bl.

和　　名	朝　鮮　名	學　　名
アカシデ	So nam （全南）	Carpinus laxiflora, Bl.
タウイヌシデ	Sorinam （濟州）	Carpinus yedoensis, Max.
オホイタシデ	So-nam （全南）	Carpinus eximia, Nakai.
パックスシデ コシデ		Carpinus Paxii, H. Winkler.
シベリアハンノキ	Mulorinam（京畿、全南、平北）	Alnus sibirica, Fischer.
ケヤマハンノキ		Alnus sibirica var. hirsuta, Nakai,
マンシウハンノキ		Alnus fruticosa, Rupr. v. mandshurica, Call.
ハンノキ	Orinam （京畿、平北、全南）	Alnus japonica, S. et Z.
ケハンノキ		Alnus japonica var. koreana, Call.
エゾノダケカンバ	Sasurainam　（濟州） Kojaimok　（全南）	Betula Ermani, Cham.
チノチレ	Paktarnam　（全南、平北）	Betula Schmidtii, Regel.
チャボダケカンバ 一名サイトウカンバ		Betula Saitoana, Nakai,
シナカンバ。タウカンバ		Betula chinensis, Max.
ホソミノシナカンバ		Betula chinensis, Max. var. angusticarpa H. Wink.
マンシウシラカンバ	Chachaknam （平南） Cha　　　（平北）	Betula mandshurica, Nakai.
コチノチレ	Paktarnam　（京畿）	Betula davurica, Pall.
ヒメチノチレ		Betula fruticosa, Pall.
テフセンダケカンバ		Betula costata Trautv.

第　壹　圖

てふせんはしばみ

Corylus heterophylla, Fischer.

(*a*)　果實ヲ附ケタル枝(自然大).　(*b*)　雄花穗ヲ附ケタル枝(同).

(*c*)　果實(同).

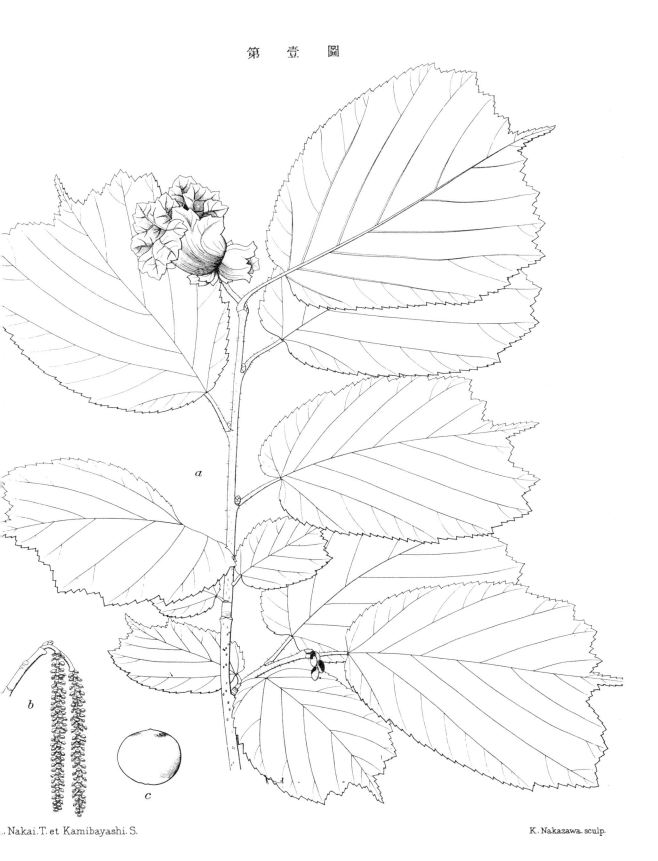

a

b

c

Nakai.T. et Kamibayashi. S.

K. Nakazawa. sculp.

第　貳　圖

つぼはしばみ

Corylus hallaisanensis, Nakai.

(*á*)　果實ヲ附ケタル枝(自然大).

(*b*)　雄花穗ヲ附ケタル枝(同).

(*c*)　雄花穗ヲ附ケタル枝(同).

(*d*)　雄花穗ヲ擴大シ一個ノ苞ヲ取リ花ノ排列ヲ見ル.

(*e*)　果實(自然大).

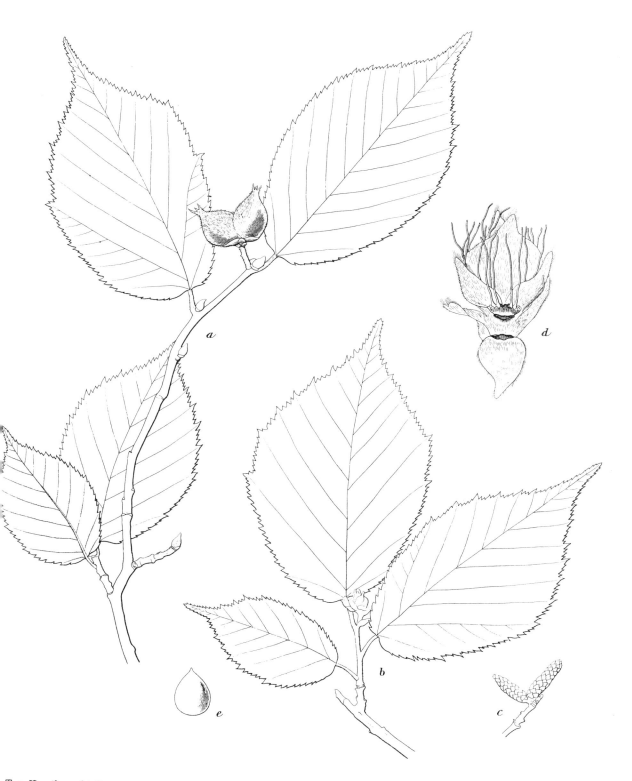

第　参　圖

おほつのはしばみ

Corylus mandshurica, Maxim.

(a)　果實ヲ附ケタル枝（自然大）.

第　參　圖

a

l. Nakai. T. et Kamibayashi. S.

K. Nakazawa. sculp.

第　四　圖

つのはしばみ

Corylus Sieboldiana, Bl.

(*a*)　果實ヲ附ケタル枝(自然大).　　(*b*)　雄花穗ヲ附ケタル枝(同).

(*c*)　雄花ヲ側方ヨリ見ル(擴大).

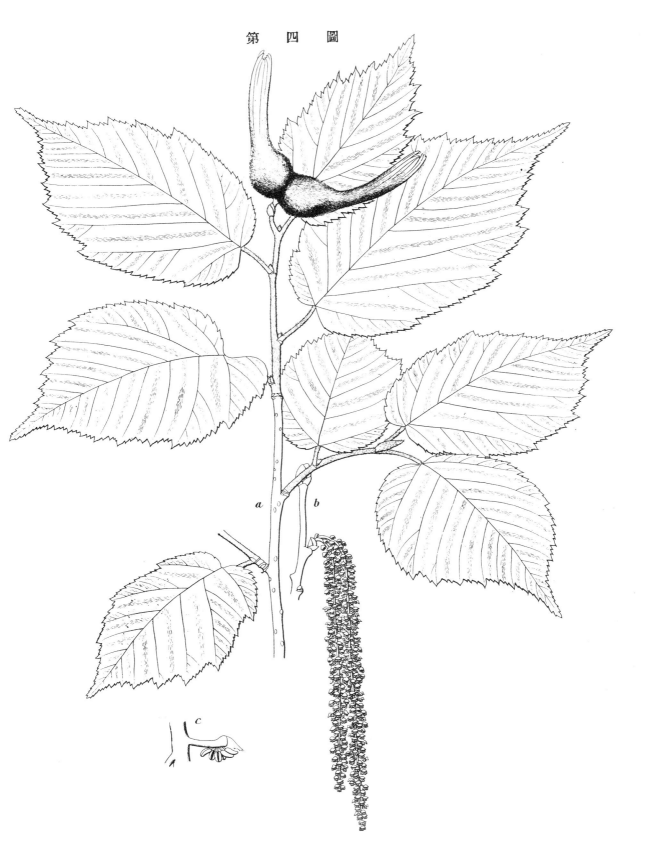

第 四 圖

ai.T. et Kamibayashi.S.

F. Fujisawa sculp.

第　五　圖

こつのはしばみ

Corylus Sieboldiana, Bl. var. mitis (Maxim.) Nakai.

(a)　果實ヲ附ケタル枝(自然大).

a

Nakai. T. et Kamibayashi. S.

F. Fujisawa sculp.

第　六　圖

あさだ

Ostrya japonica, Sargent.

(*a*)　果穗ヲ附ケタル枝(自然大).

(*b*)　果實(擴大)

第　六　圖

b

a

i.T. et Kamibayashi. S.

K. Nakazawa. sculp.

第　七　圖
さはしば

Carpinus cordata, Blume.

(*a*)　果實ヲ附ケタル枝（自然大）.　　(*b*)　雄花穗ヲ附ケタル枝（自然大）.

(*c*)　雄花.　　　　(*d*)　雄蕋.　　　(*e*)　苞ニ包マレタル果實.

(*f*)　果實（自然大）.　　　　　　　(*g*)　花被ニ包マレタル果實.

(*h*)　果實.　(*c. d. e. g. h* 擴大圖).

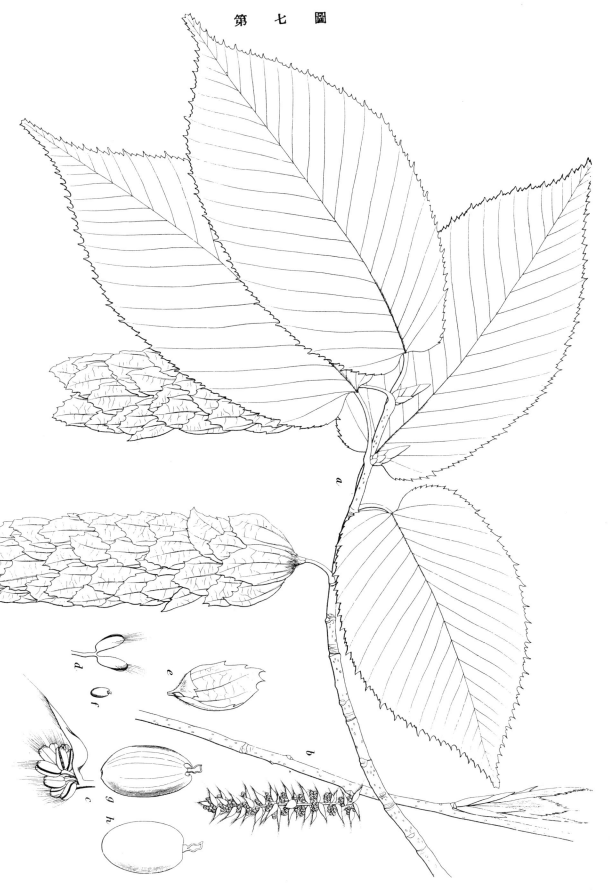

Nakai T et Kamibayashi. S.

F. Fujisawa sculp.

第　八　圖

おほいぬしで

Carpinus exim'a, Nakai.

(a)　果實ヲ附ケタル枝(自然大).　　　(b)　苞ト果實(同).

(c)　花被ニ包マレタル果實(同).　　　(d)　同上ヲ擴大シテ見ル.

(e)　果實ノミヲ擴大シテ見ル.

第 八 圖

1. Nakai. T. et Kamibayashi. S.

K. Nakazawa. sculp.

第　九　圖
たういぬしで.
Carpinus Fargesiana, H. Winkl.

(*a*)　果實ヲ附ケタル枝(自然大).　　(*b*)　果實ト苞(同).
(*c*)　花被ニ包マレタル果實(擴大).

第　拾　圖

いぬしで

Carpinus Tschonoskii, Maxim.

(*a*)　果穗ヲ附ケタル枝(自然大).　　(*b*)　雄花穗ヲ附ケタル枝(自然大).

(*c*)　雌花穗(同).　　　(*d*)　雄花(擴大).　　　(*e*)　雄蕋(擴大).

(*f*)　雌花(擴大).　　　(*g*)　果實ト苞(自然大).　　(*h*)　果實(擴大)

(*i*)　花被ニ被ハレタル果實(擴大).

第 拾 圖

i

g　*f*

h　*e*

d　*a*

c

b

kai.T. et Kamibayashi.S.

F. Fujisawa sculp.

第 拾 壹 圖
さいしういぬしで
Carpinus Fauriei, Nakai.

(a)　果穂ヲ附ケタル枝（自然大）.　　(b)　果實ト苞（自然大）.

(c)　花被ニ包マレタル果實（自然大）.　(d)　c ヲ擴大ス.

(e)　果實ノ擴大圖.

Nakai.T.et Kamibayashi.S.

K. Nakazawa. sculp.

第 拾 貳 圖
あ か し で
Carpinus laxiflora (S. et Z.) Blume.

(a) 果穗ヲ附ケタル枝(自然大).　　(b) 苞ニ包マレタル果實(同).

(c) 花被ニ包マレタル果實(同).　　(d) c ノ擴大圖.

(e) 果實ノ擴大圖.

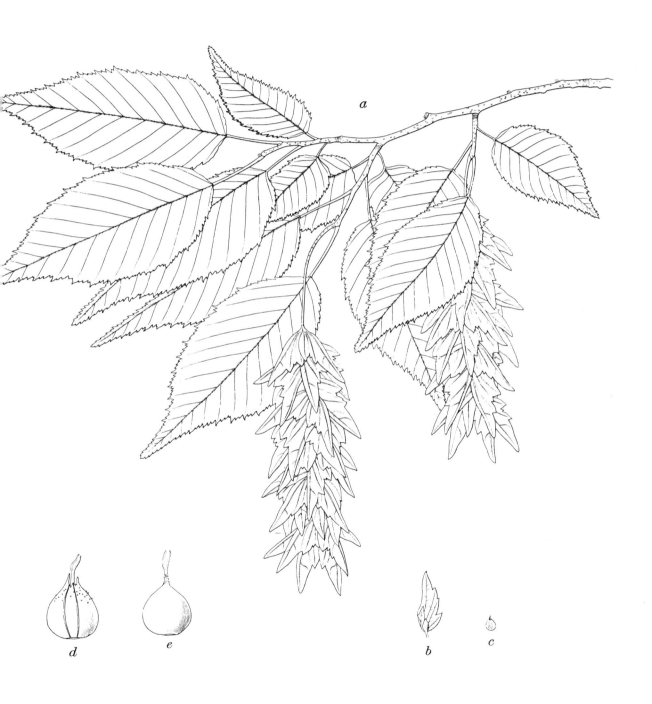

l. Nakai. T. et Kamibayashi. S.

K. Nakazawa. sculp.

第　拾　參　圖

こしで、一名パックスしで

Carpinus Paxii, H. Winkler.

(*a*)　果穗ヲ附ケタル枝(自然大).　(*b*)　果實ト苞(同).

(*c*)　花被ニ包マレタル果實(同).　(*d*)　同上ノ擴大圖.

(*e*)　果實ノ擴大圖.

第 拾 四 圖

まんしうしらかんば

Betula mandshurica (Regel) Nakai.

(*a*)　果穗ヲ附ケタル枝(自然大).　　　(*b*)　若枝ノ葉(同).

(*c*)　葉裏ノ一部ヲ擴大シ葉脈ノ有樣ヲ示ス.

(*d*)　苞ヲ內面ヨリ見ル.　　　　　　(*e*)　同上ヲ外面ヨリ見ル.

(*f*)　翅果.　(*d*—*f*. 擴大).

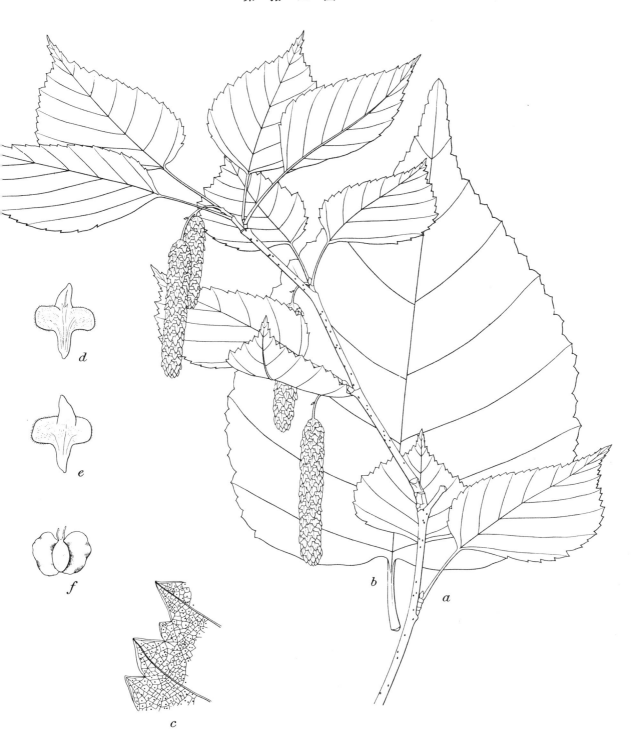

Nakai. T. et Kamibayashi. S.

第 拾 五 圖

こをのをれ

Betula davurica, Pallas.

(*a*)　果穗ヲ附ケタル枝(自然大).　　(*b*)　葉裏ノ一部ヲ擴大ス.

(*c*)　苞ヲ內面ヨリ見ル.　　　　　　(*d*)　苞ヲ外面ヨリ見ル.

(*e*)　翅果.　(*b*—*e* 擴大圖).

第 拾 五 圖

ai.T.et Kamibayashi.S.

第 拾 六 圖

ちゃぼをのをれ

Betula fruticosa, Pallas.

(a)　雄花穗ト雌花穗トヲ附ケタル枝.　　(b)　果穗ヲ附ケタル枝(a—b 自然大).

(c)　苞ニ包マレタル花群ヲ後ヨリ見ル.　　(d)　c ヲ前ヨリ見ル.

(e)　三個ノ雌花ヲ離シテ見ル.　　　　　(f)　苞ヲ後ヨリ見ル.

(g)　f ヲ前ヨリ見ル.　　　　　　　　(h)　翅果.　(c—h 擴大圖).

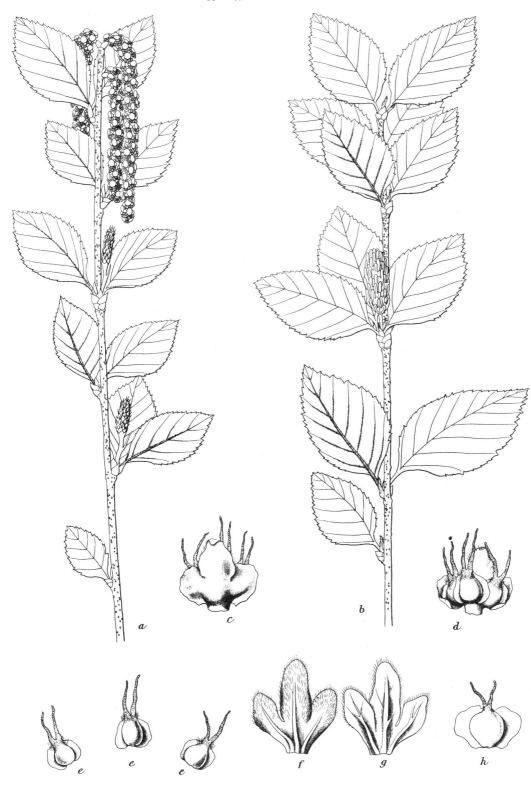

akai.T.et Kamibayashi.S.

F. Fujisawa sculp.

第 拾 七 圖

えぞのだけかんば

Betula Ermani, Chamisso.

(*a*)　果穂ヲ附ケタル枝.　　　　　　　(*b*)　若枝ノ一部.

(*c*)　雄花穂ヲ附ケタル枝(*a*—c 自然大).

(*d*)　苞.　　　　　　　(*e*)　翅果.　(*d*—*e* 擴大).

Nakai. T. et Kamibayashi. S.

K. Nakazawa. sculp.

第 拾 八 圖

ちゃぼだけかんば

齋藤かんば

Betula Saitoana, Nakai.

(*a*)　果穗ヲ附ケタル枝, a_1 ハ開カザル雄花穗ナリ（自然大）.

(*b*)　苞.　　　　　　　(*c*)　翅果.　(*b*—*c* ハ擴大).

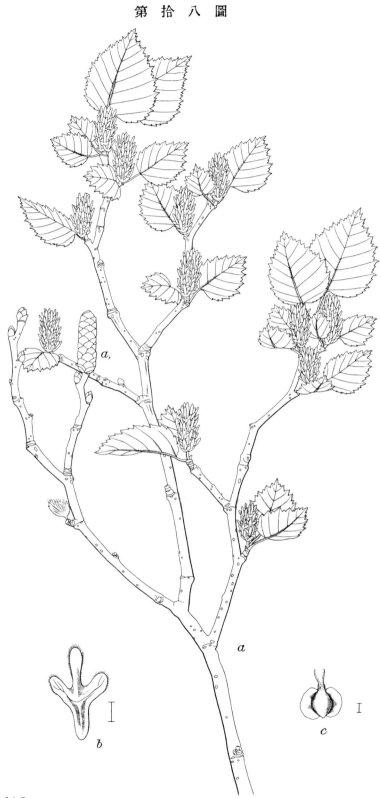

第　拾　九　圖

てふせんみねばり

Betula costata, Trautvetter.

(*a*)　果穗ヲツケタル枝(自然大).

(*b*)　苞ヲ內面ヨリ見テ翅果ノ排列ヲ見ル.

(*c*)　苞ヲ外面ヨリ見ル.

(*d*)　翅果.　(*b—d* 擴大圖).

kai.T.et Kamibayashi.S.

F. Fujisawa sculp.

第 貳 拾 圖

をのをれ

Betula Schmidtii, Regel.

(*a*)　果穗ヲ附ケタル枝(自然大).　　(*b*)　雄花穗ヲ附ケタル枝(同).

(*c*)　*b* ノ一部ヲ擴大ス.　　　　　(*d*)　苞ヲ外面ヨリ見ル.

(*e*)　*d* ヲ内面ヨリ見ル.　　　　　(*f*)　果實.（*d*—*f* 擴大圖）.

第 貳 拾 壹 圖

(a—f) しなかんば、一名たうかんば

Betula chinensis, Maximowicz.

(g) ほそみのしなかんば.

Betula chinensis, Maxim. var. angusticarpa, H. Winkler.

(a) 果實ヲ附ケタル枝.　　(b) 雌雄ノ花穂ヲ附ケタル枝(a—b 自然大).

(c) 雄花ヲ側方ヨリ見ル.　(d) c ヲ前方ヨリ見ル.

(e) 苞.　　　　　　　　　(f) 果實.

(g) ほそみのしなかんばノ果實. (c—g 擴大圖).

ai. T. et Kamibayashi. S.

F. Fujisawa sculp.

まんしうはんのき

Alnus fruticosa, Ruprecht. var. mandshurica, Callier.

forma. normalis, Callier.

(*a*)　果穂ヲ附ケタル枝(自然大).　　(*b*)　葉裏ノ一部ヲ示ス.

(*c*)　翅果.　　(*a*—*c* 擴大圖)**.**

第 貳 拾 貳 圖

a

b

I

c

Nakai. T. et Kamibayashi. S.

F. Fujisawa. sculp.

第 貳 拾 參 圖

は ん の き

Alnus japonica, Siebold et Zuccarini.

(*a*)　果穂ヲ附ケタル枝（自然大）.　　(*b*)　雄花穂（同）.

(*c*)　雄花群ヲ前ヨリ見ル.　　(*d*)　*c* ヲ横ヨリ見ル.

(*e*)　*c* ヲ後ヨリ見ル.　　(*f*)　雄花.

(*g*)　*f* ヲ下ヨリ見ル.　　(*h*)　翅果.　(*c*—*h* 擴大

Nakai.T.et Kamibayashi.S.

K. Nakazawa. sculp.

第 貳 拾 四 圖

シベリアはんのき　Alnus sibirica, Fischer.

(*a*) 果穗ヲ附ケタル枝.　(*b*) 雄花穗ヲ附ケタル枝(*a*—*b* 自然大).

(*c*) 雄花群ヲ背面ヨリ見ル.　(*d*) 同上ヲ腹面ヨリ見ル.

(*e*) 翅果.　(*c*—*e* 擴大圖).

Nakai.T. et Kamibayashi.S.

K. Nakazawa. sculp.

朝鮮森林植物編

3 輯

殻斗科　FAGACEAE

目次　Contents

殼 斗 科

FAGACEAE

(一) 主 要 ナ ル 引 用 書 類

著　　者	書　　名
G. Bentham et J. D. Hooker.	Genera Plantarum. Vol. II.
C. L. Blume.	(1) Museum Botanicum Lugduno-Batavum. Tom. I. No. 18, 19, 20.
	(2) Bijdragen tot de Flora van Nederlandsch Indië I.
	(3) Flora Javæ.
N. L. Britton and A. Brown.	An illustrated Flora of the Northern United States, Canada and the British Possessions. Vol. I.
Al. Bunge.	Enumeratio Plantarum, quas in China boreali collegit.
H. Baillon.	(1) The natural History of Plants. Vol. VI.
	(2) Dictionnaire de Botanique. Vol. I.
W. Carruthers.	Journal of Linnæan Society (Botany). Vol. VI.
Alph. De Candolle.	Prodromus Systematis Naturalis Regni Vegetabilis. Pars XVI. 2.
S. Endlicher.	(1) Genera Plantarum.
	(2) Genera Plantarum Supplementum Quartum. Pars II.
M. A. Franchet.	(1) Plantæ Davidianæ. I.
	(2) Journal de Botanique. Tome XIII.
Franchet et Savatier.	Enumeratio Plantarum Japonicarum. Vol. I et II.
J. D. Hooker.	Flora of British India. Vol. V.
G. King.	The Indo-Malayan Species of Quercus and Castanopsis.
V. Komarov.	Flora Manshuriæ. Vol. II.
C. F. Ledebour.	Flora Rossica. Vol. III.

C. J. Maximowicz.	Primitiæ Floræ Amurensis.
C. H. Persoon.	Synopsis Plantarum. Pars II.
K. Prantle.	Die natürlichen Pflanzenfamilien III. Teil. 1. Hälfte.
E. Regel.	Tentamen Floræ Ussuriensis.
F. J. Ruprecht.	Mélanges Biologiques. Tome II.
F. Schmidt.	Reisen im Amur-Lande und auf der Insel Sachlin.
C. K. Schneider.	Illustriertes Handbuch der Laub-holzkunde. Band I.
E. Schottky.	Engler Botanische Jahrbücher XLVII.
S. A. Skan.	Journal of Linnæan Society (Botany). Vol. XXVI.
J. P. Tournefort.	Institutiones Rei Herbariæ. Vol. I et III.
C. P. Thunberg.	Flora Japonica.
松 村 任 三	(1) 改正增補植物名彙.
	(2) 帝國植物名鑑. 下卷後編.
	日本森林樹木圖譜. 第一編.
白 澤 保 美	
中 井 猛 之 進	東京帝國大學理科大學紀要第三十一卷.
矢 部 吉 禎	南滿洲植物目錄.
	植物學雜誌. 第 九 卷.
	第二十三卷.
	第二十四卷.
	第二十六卷.
	第二十七卷.

（二） 朝鮮殼斗科植物研究ノ歷史

朝鮮殼斗科植物ノ始メテ書上ニ現ハレシハ千八百九十九年英國ノ <u>スカン</u>
(S. A. Skan) 氏ガ Journal of Linnæan Society 第二十六卷ニ
Quercus aliena, Bl.　　　　　　　　　　　　　ならがしは

Quercus Bungeana, Forbes.	おべまき
Q.　　cuspidata, Thunb.	しひ
Q.　　dentata, Thunb.	かしは
var. Mc Cormickii, Skan.	てうせんこなら
Q.　　Fabri, Hance.	かしはばこなら
Q.　　glandulifera, Bl.	こなら
Castanea sativa, Mill.　(學名誤レリ)	てうせんぐり

ノ八種ヲ記載セシニ始マリ、千九百年版ノ露國バリビン (J. Palibin) 氏ノ Conspectus Floræ Koreanæ ニモ之レヲ載ス。

千九百四年版ノ露ノコマロフ (V. Komarov) 氏ノ Flora Manshuriæ 第二卷ニハ朝鮮北部ノ産トシテ

Quercus grosse-serrata, Bl.	みづなら
Q.　　aliena, Bl.	ならがしは

ノ二種ヲ擧グ。其中 Quercus grosse-serrata トシアルハみづならニ非ズシテもんごりならノ鋸齒トガレル一形ナリ。

千九百六年版ノ獨ノシュナイデル (C. K. Schneider) 氏ノ Illustriertes Handbuch der Laubholzkunde 第一卷ニハ朝鮮産トシテ僅カニ Quercus glandulifera こならノ一種ヲ載スルニスギズ。

千九百十一年版ノ余ノ Flora Koreana 第二卷 (理科大學紀要第三十一卷) ハ

Pasania cuspidata, Oerst.	しひ
Quercus glandulifera, Bl.	こなら
Q.　　serrata, Thunb.	くぬぎ
Q.　　variabilis, Bl.	あべまき
Q.　　mongolica, Fischer.	もんごりなら
Q.　　dentata, Thunb.	かしは
var. Mc Cormickii, Skan.	てうせんこなら
Q.　　Fabri, Hance.	かしはばこなら
Q.　　grosse-serrata, Bl.	みづなら
Q.　　aliena, Bl.	ならがしは
Castanea sativa, Mill. var. pubinervis, Makino.	くり

ノ十一種ヲ擧グ、其中くぬぎノ學名ハ Quercus acutissima, Carr. ニ改ムベク、Q. grosse-serrata, Bl. ハ Quercus mongolica, Fischer var. mandshurica, Nakai ニ改ムベキナリ。栗ノ學名ニ就イテハ後章ニ述ブル所ノ如シ。

千九百十二年小泉源一氏ハ日本ノ殼斗科植物ニ就イテ研究シ、其中楢槲亞屬 (Lepidobalanus) ノ植物ヲ東京植物學雜誌第二十六卷ニ發表セリ。其中朝鮮産トシテ

Quercus	dentata, Thunb.	かしは
	var. grandifolia, Koidz.	おほがしは
Q.	glandulifera, Bl.	こなら
Q.	aliena, Bl.	ならがしは
Q.	crispula, Bl. v. mandshurica, Koidz.	かうらいみづなら
Q.	mongolica, Fischer.	もんごりなら

ノ五種ヲ記セリ。而シテコマツフ氏ノ檢定セシみづならハ眞ノみづならニ非ズシテ上記ノかうらいみづならナリト云ヘリ。然レドモ氏ノおほがしはト云フハ單ニかしはノ個體的差異アルモノニ附名セシモノニシテ、かうらいみづならト云フハ既記ノ如クもんごりならノ一變種ナリ。

千九百十三年ニ至リ余ハ朝鮮總督府ノ委托ニ依リテ濟洲島、莞島等ノ植物ヲ調査シ、濟洲島植物調査報告ト莞島植物調査報告トヲ出シ、兩編ハ合セテ千九百十四年ニ出版セラレシガ、其中ニハ殼斗科植物トシテ

Pasania	cuspidata, Oerst.	しひ
Quercus	acuta, Thunb.	あかがし
Q.	acutissima, Carr.	くぬぎ
Q.	dentata, Thunb.	かしは
Q.	funebris, Lévl.	
	var. undulatifolia, Nakai.	
Q.	glandulifera, Bl.	こなら
Q.	glauca. Thunb.	あらかし
Q.	mongolica, Fischer.	もんごりなら
Q.	myrsinæfolia, Bl.	しらかし
Q.	stenophylla, Makino.	うらじろがし
Q.	variabilis, Bl.	あべまき

ノ十二種ヲ載セタリ。而シテあかがし、あらかし、しらかし、うらじろがしノ如キ常綠ノかし類アル事ヲ明ニセルノミナラズ、くぬぎノ學名モQuercus acutissima, Carr. ニ改メタリ。

其後余ハ北朝鮮ヲ横斷シ、又智異山彙ヲキハメ、並ニ栗種再調査ヲ命ゼラレ、半島ノ中部西部ヲ踏査セル結果朝鮮ニハ次ノ諸種ヲ産スル事ヲ知ルニ至レリ。

1. Quercus acutissima, Carr. くぬぎ

(從來屢々植物學者ニ誤ラレ　Q. serrata, Thunb.　ノ學名ヲ
用キタリ)。

2.　Quercus serrata, Thunb.　　　　　　　あべまき
　　　(Q. chinensis, Bunge；Q. variabilis, Bl.；Q. Bungeana,
　　　Forbes 等ハ皆同種異名ナリ)。

3.　Quercus mongolica, Fischer　　　　　　もんごりなら
　α.　typica, Nakai.
　　　　forma 1.　glabra, Nakai.
　　　　forma 2.　tomentosa, Nakai.
　　　　　(Q. mongolica var. tomentosa, Seem. ナル未發表ノ名ア
　　　　リ)。
　β.　liaotungensis, Nakai.
　　　　forma 1.　glabra, Nakai.
　　　　　(Q. liaotungensis, Koidz.；Q. funebris var. glabra, Lévl.
　　　　ハ其異名ナリ)。
　　　　forma 2.　funebris, Nakai.
　　　　　(Q. funebris, Lévl. ハ其異名ナリ)。
　　　　forma 3.　undulatifolia, Nakai.
　　　　　(Q. undulatifolia, Lévl. ハ其異名ナリ)。
　γ.　manshurica, Nakai.
　　　　(Q. crispula var. manshurica, Koidz.；Q. grosse-serrata,
　　　　Kom. et Nakai ハ其異名ナリ)。

4.　Quercus glandulifera, Bl.　　　　　　　こなら
　　　(Q. canescens, Bl.；Q. urticæfolia, Bl.；Q. urticæfolia β.
　　　brevipetiolata, DC.；Q. canescens var. urticæfolia, Miq.；
　　　Q. coreana, Lévl. 等ノ異名アリ)。

5.　Quercus aliena, Bl.　　　　　　　　　　ならがしは
　　　var. pellucida, Bl.　　　　　　　　　あをならがしは
　　　var. rubripes, Nakai.　　　　　　　　あかじくならがしは

6.　Quercus major, Nakai.　　　　　　　　おほばこなら
　　　(Q. glandulifera var. major, Seem. ハ其異名ナリ)。

7.　Quercus donarium, Nakai.　　　　　　　てりはこなら

8.　Quercus Mc Cormickii, Carr.　　　　　てうせんこなら
　　　(Q. dentata var. Mc Cormickii, Skan ハ其異名ナリ)。
　　　var. koreana, Nakai.

9. Quercus dentata, Thunb.   かしは
   var. fallax, Nakai.
   var. erecto-squamosa, Nakai.
10. Quercus anguste-lepidota, Nakai. var. coreana, Nakai.
             かしはもどき
11. Quercus glauca, Thunb.   あらかし
12. Quercus acuta, Thunb.   あかがし
   (Q. Buergeri, Bl.; Q. marginata, Bl.; Q. Kasaimok,
   Lévl.; Q. pseudoglauca, Lévl.; Q. quelpærtensis, Lévl. 等
   ハ其異名ナリ)。
13. Quercus myrsinæfolia, Bl.   しらかし
   (Q. Vibrayana, Fran. et Sav., Q. Taquetii, Lévl. ハ其異
   名ナリ)。
14. Quercus stenophylla. Makino.
   (Q. glauca var. stenophylla, Bl.; Q. myrsinæfolia, Shira-
   sawa; Q. longinux. Hayata; Q. pseudo-myrsinæfolia,
   Hayata ハ其異名ナリ)。
15. Fagus japonica, Maxim.   いぬぶな
16. Castanea Bungeana, Bl.   てうせんぐり
   (Castanea sativa, Skan et Palibin; C. sativa var. pubi-
   nervis Nakai ハ其異名ナリ)。
17. Castanea mollissima, Bl.   しなぐり
18. Lithocarpus cuspidata, Nakai. つぶらじひ
   (Quercus cuspidata, Thunb.; Pasania cuspidata, Oerst.;
   Synædrys cuspidata, Koidz. ハ其異名ナリ)。
19. Lithocarpus Sieboldii, Nakai. すだじひ
   (Pasania cuspidata var. Sieboldii, Makino; Pasania
   Sieboldii, Makino ハ其異名ナリ)。

其他ニ Skan, Palibin 兩氏ハ Quercus Fabri, Hance アリト記セドモ、
余ハ未ダ實見セズ。 而シテ朝鮮中部ニ多在スルならがしは (Quercus
aliena) ハ往々 Q. Fabri 類似ノ殼斗ヲ生ズルヲ以テ、兩氏ハ或ハ之レト
混ゼシニ非ザルヤヲ疑ハシム。

(三) 朝鮮ニ於ケル殼斗科植物分布ノ概況

(1) ぶな屬 Fagus.

　　本屬ニハいぬぶなノ一種アリテ欝陵島ニ生ズルノミ、滿鮮ノ地ハぶな屬ナキ地ナルニ、此一孤島ニ之レヲ產スルハ、分布上極メテ興味アル事ニシテ、日本ト大陸トノ關係ヲ論ズルニ當リ、一資科トナルベキモノトス。

(2) しひ屬 Lithocarpus.

　　本屬ニハつぶらじひトすだじひトノ二種アリ、前者ハ濟州島ノ南部ニノミ生ジ、個數モ少ナケレトモ、後者ハ濟州島ノ山麓地方一帶ト半島南岸ノ群島ニ散生ス。

(3) くり屬 Castanea.

　　本屬ニハしなぐりトてうせんぐりトアリ、しなぐりハ平壤栗トシテ栽植シ、モト支那ヨリ輸入セシモノ丶如シ。往々野生品ノ如ク見ユル所アレドモ、古老ニ質セバ、其附近ハモト人家アリシ所カ、又ハ畑地アリシ所ニシテ、概ネ栽植品ノ遺品ナリ。てうせんぐりハ半島ノ山ニ自生スルモノニシテ、咸北、咸南ノ北部、平北ノ北部ヲ除ク外ハ至ル所ニアリ。殆ンド日本栗ト撰ブ所ナク、僅カニ澁皮剝ゲ易キノミ。楊州栗、加平栗、開城栗等ノ名ニテ市場ニ出ヅルモノ即ハチ是ナリ。

(4) かし屬 Quercus.

　　（甲）落葉かし類。

　　落葉性ノモノハ常綠ノモノヨリハ寒地性ノモノナレドモ、自ラ種類ニ依リ分布區域ヲ異ニス。即ハチ稍暖地性ナルハこなら、くぬぎ、てりはこなら、ならがしはニシテ寒地性ナルハてうせんこなら、おほばこなら、もんごりなら、あべまきナリ。かしは、かしはもどきハ其中間ニ位ス。こならトくぬぎトハ濟州島ノ中腹、群島並ニ半島ノ中部以南即ハチ京畿、江原、慶尙、忠淸、全羅ノ各道ニ亘リ分布シ、特ニ南部ニ多シ。てりはこならハ稀品ニシテ智異山々麓ニ僅カニ生ズルノミ。蓋シならがしはトこならトノ間種ナルベシ。ならがしはハ半島ノ中部並ニ南部ニ生ズ。其葉裏ニ白毛ナキモノヲあをならがしはト云ヒ、中部ニ多シ。かしはハ最モ中部ニ多ケレドモ、往々平安北道ノ北部山地ニモ生ズ。かしはもどきハ分布狹ク、唯元山ノ山ニ於テ發見セラル。てうせんこならハ江原ノ北部、咸南ノ山地、平安南北、黃海道ニ亘リテ生ジ、其鋸齒ノ丸キ葉ヲ有スルガ基本種ニシテ、尖レルモノハ其變種ナリ。おほばこならハ中部以北ニ多シ。半島ノ中部、南部ニアリテハ大形ノ葉ヲ附クルこならヲ通ジテ漸次こな

らニ推移スル如ク見ユレドモ、半島ノ北部即ハチ平安南北道ニ至レバこならヲ産セザル爲メ、判然其獨立ノモノナルヲ知リ得ベシ。蓋シ本種ハこならヨリハ北地性ノモノニシテ、其分布ノ南限タル中部ニ至レバ、並ビ生ゼルあをならがしは及ビこならト間種ヲ作ルモノ、如ク、中間ノ形ヲ現ハスモノハ概ネ此類ナルベシ。もんごりならハ最モ分布廣ク、半島一帶、群島ノ山地、濟州島ノ山上並ビニ欝陵島ニ生ズ。從ツテ變化モ多端ニシテ、葉裏ニ毛ナク、鋸齒丸キガ基本種ナレドモ、或ハ葉裏ニ毛アリテ、概形ニ於テかしはノ毛少ナキモノト混ジ易ク、或ハ鋸齒トガリテみづならト混同シ易クナル。

（乙）　常綠かし類。

常綠かし中最モ分布廣キハ、あかがしニシテ、濟州島ノ山麓地方、全羅南道ノ群島ニ生ズ。其他ノうらじろがし、あらかし、しらかしハ濟州島ニノミ生ジ、南部ニ最モ多ク、西部東部ニ乏シク、北部ニハ全クナシ。

（四）　朝鮮産殼斗科植物ノ効用

本科植物ハ、材用植物トシテ、主要ナルモノ、一ナリ、特ニ薪炭料トシテ、本科植物ノ右ニ出ヅルモノナシ。

いぬぶなハ内地ニアリテハ薪材トシ、又ハ建築材ニモ代用サレ、又盆椀等ノ材料トモナル。左レドモ朝鮮ニアリテハ、唯欝陵島ニノミ生ズルヲ以テ、効用上重キヲナシ難シ。

しひ類ハ其材固ク、かし類ノ次位ニアリ。左レドモ裂ケ易ク、重サニ對シテ抵抗力弱ク、且かし類ヨリ腐敗シ易シ。但シ材色白キヲ以テ、磨ケバ美麗ナリ。濟州島ニアリテハ床板等ニ用フ。薪材トシテハ中位ニアレドモ炭ニヤキテハ極メテ粗惡ノ炭ヲ作リ得ルノミ。果實ハ日本内地ニアリテハ炙食スル外、團子、菓子等ヲ作ル料トナセドモ、鮮人ハ唯生食スルノミ。皮並ニ若葉ヨリ單寧ヲトリ、又劣等ノ染料トナル。内地ニテハ皮附キノ材ヲ椎蕈栽培ニ用キルコトアレドモ朝鮮ニ於テハ之レヲ用キズ。炭燒ノ副産物タル木醋液ヨリ醋酸ヲトリ得レドモ僅カニ 5-6% ヲ得ルニスギズ。

かし類ハ材質カタク、薪炭料トシテ最モ貴重品ナリ。唯裂レ易キヲ缺點トス。通例薪炭ニナス外、船艦ノ製作、家具特ニ机、椅子、箱類等ニ作リ、又室内裝飾用、農具、衡器、車輌、下駄ノ齒、杓子木、三味線竿、電氣用具等ニ多ク用フ。樹皮ハあべまきヲ除ク外ハ何レモ單寧ヲ採リ得ベク、鞣皮用トシテ必要ナリ。あべまきノ皮ハ木栓質ノ發達良好ナル故小形ノ木栓ニ作ル。朝鮮ニアリテハ漁網ノ浮標トシ、又廣ク剝ギテ屋根ヲ葺ク。而シテヨク久

シキニ耐ユ。かし類ノ果實ハ、何レモ單寧ニ富ミ、其儘食シ難ク、古來往々之レヲ食ヘバ嘔トナルトモ唱ヘラレシモ、之レヲツキ碎キ水ニヒタシテ、充分單寧ヲ除去スレバ、澱粉質多量ナル故、煮テ一種ノ豆腐樣ノモノヲ作ル。鮮人ハ故ニ秋期其果實ヲ集メ、皆此目的ニ使用ス。就中くぬぎノ如キ大形ノ果實ハ、彼等ノ最モ尊重スル所ニシテ、くぬぎ林ヲ保存スルハ其果實ヲ集メン爲ナリ。此果實ヨリ作ル豆腐樣ノモノハ支那人命ジテ苦珠豆腐ト云フ。かしはノ葉ハ柞蠶養殖上最モ必要ニシテ、滿洲ニ於ケル柞蠶養殖ニハ專ラ之レヲ用フ。近來朝鮮ニ於テモ之レニ倣ヒ、好結果ヲ得ツヽアリ。もんごりならモ亦代用品トナシ得ベク、かしはノ葉ト共ニ餅ヲ包ムニ用フ。南部ニアリテハならがしはノ葉モ亦此目的ニ使用サル。

くりノ木ハ耐濕性强キ良材ヲ出ス。特ニ朝鮮ニアリテハ蟲害ヲ被ル事稀ナルヲ以テ、大形ノ材ヲトリ得ベシ。橋梁、枕木、家具、樽材、屋根板等ニ用キ又欅ノ代用品トシテ漆器ノ生地トナル。果實ハ食用トナルハ勿論ナルガ朝鮮産ノモノハ其中最モ澁皮ノ除去シ難キ楊州栗、加平栗、等ニテスラ日本栗ニ勝ル。特ニ江西、成川、大同等平安南道ノ諸郡ニ栽培スル藥栗（咸從栗又ハ平壤栗）ハ其澁皮ノ除去シ易キト、甘味ニ富ムコトニ於テ世界ニ冠絶ス。栗實ヲ食用トスルハ洋ノ東西ヲ問ハズ。歐洲ニアリテハ Chesnut, Chestnut（英）Esskastanie, Kastanie, Edelkastanie（獨）Châtaigner, Châtaignier（佛）Kastanje（蘭）Marronnier（伊）等ノ名ニテ歐洲産ノ栗 Castanea vulgaris ノ果實ヲ燒栗トシテ食ス。栗ノ葉ハテグスノ養殖ニ適ス。

（五.） 朝鮮産殼斗科植物ノ分類ト各種ノ圖說

殼　斗　科

Fagaceæ, Drude.

灌木又ハ喬木。葉ハ互生、有柄稀ニ無柄、全緣又ハ鋸齒アリ、往々深ク缺刻シ、羽狀脈ヲ具フ、托葉ハ早落性又ハ全クナシ、花ハ雌雄異花、花瓣ナシ、四乃至八裂セル花被ト四乃至百個ノ雄蕊ヲ具フ、葯ハ縱裂ス、雌花ハ四乃至八裂セル稍長キ花被ヲ具ヘ、子房ハ三乃至七室、胚珠ハ各室ニ一二個、而シテ其中ニ唯一個丈ケ成熟ス、果實ハ殼斗、種皮ハ一層、子葉ハ大ニシテ多肉、幼根短カシ。

世界ニ六屬ト約四百ノ種類アリ、朝鮮ニ四屬十九種七變種アリ。

屬 名 檢 索 表

第 一 屬、ぶ な 屬

Fagus, (Dodon.) Tournef. Instit. Rei Herb. I. (1700) p. 584. III. t. 351.

花ハ單性、雌雄同株、葉ト共ニ生ズ、雄花ハ細キ花梗ノ先端ニ生ジ頭狀ニ集合シ下垂ス、萼ハ四乃至八裂シ、八乃至十六個ノ雄蕋ヲ具フ、花絲ハ極メテ細シ、雌花ノ萼ハ六叉シ、三室ノ子房ニ癒着ス。胚珠ハ各室ニ二個宛アリ、其中一個丈ケ成熟ス、花柱ハ三本ニシテ細長シ、總苞ハ果實ヲ包ミ成熟スレバ三乃至四叉ス、果實ハ硬キ皮ニテ被ハル、落葉ノ喬木、葉ハ互生シ、羽狀脈ヲ具フ。

世界ニ七種アリ、何レモ北半球溫帶地方ノ産、朝鮮ニ一種アルノミ。

1. いぬぶな

(第 壹 圖)

本種ハ日本々島ニ普通ノ種ナリ、總督府山林課在勤ノ岡本金藏氏圖ノ如キ標品ヲ欝陵島ヨリ持來レリ、而シテ彼地ニ自生スルヲ云ヘドモ唯葉ヲ有スル不完全品ニシテ果シテ眞ニいぬぶなナルヤ斷定シ得ズ、若シ然ラズトスルモいぬぶなニ最モ近似ノモノタリ。

朝鮮半島ニハモトぶな類ナシ、而シテ今此一種ヲ欝陵島ニ得タルハ分布上面白キ事ナリ。

日本内地特ニ中部以北ニアリテハいぬぶなハ材用植物中主要ノモノ、一ナリ。

1. **Fagus japonica,** Maxim.

In Mél. Biol. XII. p. 542. C. K. Schneid. Illus. Handb. Laubholzk.
I. (1906) p. 155 fig. 91 a–a^2. Matsum. Ind. Fl. Jap. II. ii. p. 23.

Specimen mancum possideo, sed evidenter *Fagus japonica* esse
videtur.

Hab. in insula Ooryöngtô v. Matsushima Maris Japonicæ.

Distr. Nippon.

第 二 屬、 く り 屬

Castanea, (Dodon.) Tournef. Instit. Rei Herb. (1700)
p. 584. III. t. 352.

花ハ單性、雌雄同株、葉ト花ト共ニ生ズ、雌雄花ハ何レモ直立セル同一ノ
穗上ニ生ジ、雌花ハ其基部ニアリ。 雄花ハ二個ノ小苞ヲ具ヘ花被ハ六叉ス。
雄蕋ハ多數アリ、（通例萼ノ裂片ノ二倍）、雌花ハ總苞ニ包マレ二個乃至五個
宛(通例三個宛)アリ、花被ハ瓶狀ニシテ先端六叉ス、子房ハ六室、通例數個
ノ退化セル雄蕋アリ、胚珠ハ各室ニ二個宛アリ、花柱ハ六個、總苞ハ花後肥
大シ、刺多ク所謂栗ノ殼ヲナス、果實ハ大ニシテ果皮ハ硬ク、各一個ノ種子
ヲ藏ス、種皮ハ所謂澁皮ナリ、子葉ハ多肉ニシテ食用ニ供ス。

世界ニ十種、朝鮮ニ一種ヲ產シ一種他ニ栽培種アリ、即ハチ左ノ如シ。

若枝ハ帶綠色ニシテ腺狀毛多シ、果實ノ附着部狹小ニシテ殼ノ刺ハ 短 カ
ク、長サ五六分許 ‥‥‥‥‥‥‥‥‥‥‥‥しなぐり（藥栗、咸從栗、平壤栗）

若枝ハ帶紅色ニシテ腺狀毛少ナシ、果實ノ附着部ハ廣濶ニシテ 殼 ノ刺ハ
長サ一寸以上ニ達ス‥‥‥‥‥‥‥てうせんぐり（楊州栗、開城栗、大栗、等）

2. し な ぐ り 又 ハ 平 壤 栗

（朝鮮名）藥栗 (Nyag-bam). 咸從栗 (Ham-nyong-bam).
僧栗 (Chuung-bam).

（第二、第三、第七圖 a ）

老成スレバ喬木トナル、分岐多ク全形ハ球形又ハ扁平球狀ニ近シ。 樹膚
ハ缺刻深シ、若枝並ニ葉柄ニ腺狀毛アリ、若枝ハ綠色又ハ帶褐綠色、老木ノ
枝程毛多シ、葉ハ倒披針形又ハ披針形、邊緣ノ鋸齒著シ、葉裏ノ毛ハ個體ニ
依リ多少ノ度ヲ異ニスレドモ若キ苗木ノ外ハ葉裏ニ白キ星 狀 ノ密 毛アリ、

左レドモ毛少ナキ品種ニアリテハ、葉脈上ニ唯微毛アル外凡テ毛ナシ。總苞ノ刺ハ短カク、約五、六分許、通例更ニ微絨毛生ジ、總苞ノ內面ニハ絹毛アリ、果實ハ通例小形ニシテ大ナルモ內地產ノ中栗以上ニ出デズ、附着部ハ狭小ナリ。 澁皮ハ强靱ニシテ薄ク剝ゲ易ク、子葉ハ甘味多シ。

栽培品ニシテモト支那ヨリ輸入セシモノナリ。 余ハ之レヲ平安南道（安州、順安、江西、龍江、大同、江東、中和、成川ノ諸郡）咸北（鏡城）等ニ栽培シアルヲ見タリ。

原產地、支那ノ中部、北部ノ山地。

第四圖ハ早生種ニシテ中和靑龍園ニアルヲ特ニ中和栗ト云フ、結實多ク味美ク最優等品種ナリ。

2. Castanea mollissima, Bl.

In Mus. Bot. Lugd. Bat. I. (1850) p. 286. C. K. Schneid. Illus. Handb. Laubholzk. I. (1906) p. 899. fig. 563. c–d.

Species sequente affinis, sed cicatrice fructus arta, ramis glanduloso-hirtellis v. hirsutis viridescentibus, cortice trunci profunde fisso, aciculis involucri brevioribus exqua differt.

Arbor usque 18 metralis alta, ramosissima, ambitu sphærica v. depresso-sphærica densifolia. Cortex trunci cinerascens profunde fissus. Rami plantarum juvenilium patentim hirtelli v. glabrescentes virides v. fusco-virides, aprica interdum rubescenti-fusci, plantarum adultarum albo-velutini, sæpe simul glanduloso-hirtelli. Folia ovato-lanceolata v. elliptico-lanceolata v. lanceolata argute grosseque serrata, subtus in plantis juvenilibus glabra sed adultis vulgo adpresse albo-stellulatoque tomentosa v. interdum subglabra, ᴊasi in foliis latioribus cordata v. truncata, in foliis angustioribus in apice rami adulti positis acuta, apice acuminata. Involucrum sphæricum v. depresso-sphæricum breviter stipitatum, aciculis fere 1.5 cm. longis plus minus velutinis dense vestitum, demum quadrifissum. Fructus late ovati v. rotundato-ovati v. ovato-rotundati 2–3 cm. lati, ad stylos mucronati glabri v. plus minus velutini, cicatrice angusto.

Nom. Vern. Nyag-bam v. Ham-nyong-bam. v. Chuung-bam.

Culta in Pyöng-an austr. et Ham-gyöng austr.; nec non in australibus partibus Ham-gyöng bor. Verisimiliter olim e Shang-tung (China) introducta.

Propono dulcissima Marronnier per orbe esse.

3. てうせんぐり

大栗 (Kurugun-bam) 楊州栗 (Yang-jyu-bam)

(第四、第五圖、第六圖 b. 第七圖)

前種ニ似タレドモ若枝ハ帶紅褐色ニシテ腺毛ナシ、野生品ノ果實ハ通例小形ナレドモ栽培品ニハ大形ノモノ多シ、其附着部廣濶ナリ、澀皮ハ通例剝脱ノ度しなぐりニ劣レドモ內地產ノ栗ニ勝ル、甘味モ亦內地栗ノ柴栗ニ匹敵ス、葉裏ノ毛ノ多少ハしなぐりニ於ケルガ如シ、左レドモ之ヲ統計的ニ比較スレバしなぐりニ劣ル、總苞ノ刺ハ長ク通例一寸內外ナリ、樹ハ老成スレバ徑三尺ニ余ル、樹膚ノ裂刻ハ同齡同大ノモノナレバしなぐりノ牛ニ達セズ。

咸鏡北道、濟州島、平北、咸南ノ北部ヲ除ク外ハ殆ンド至ル所ノ山野ニ自生シ、滿洲、支那ニ分布ス、日本栗ハ最モ之レニ近似ノモノナリ。

余ノ實見セシモノニ次ノ諸品種アリ。

火栗 (Pul-bam) 刺ノ紅色ヲ呈スルモノ又ハ帶紅色ノモノ。

瓶栗 (Phyong-bam) 果實長キモノ。

豆栗 (Kong-bam)
小豆栗 (Pak-pâm) } 果實小ニシテ咸從栗ノ中位ノモノニ匹敵ス。

酒栗 (Sul-bam) 澀皮煉瓦色ヲナスモノ。

早栗 (Oul-bam) 九月中旬ヨリ九月末頃迄ニ成熟スルモノ
遲栗 (Nujin-bam) 十月上旬ヨリ中旬迄ニ成熟スルヲ云フ } 三者明亮ノ別ナシ。
霜栗 (Sori-bam) 十月中旬ヨリ下旬迄ニ成熟スルヲ云フ

御宮栗 (Oo-gun-bam) 遲栗ノ一種ニシテ果實大ニシテ殆ンド丹波栗ニ匹敵ス。

毛栗 (Tol-bam).
灰栗 (Chai-bam). } 果皮ノ表面ニ短毛密生シ、成熟セルモノハ灰白色ヲナスモノ。

墨栗 (Mok-bam)
紫栗 (Chadi-bam) } 果皮紫黑色ヲナスモノ。

艶栗 (Tdoji-bam) 果皮ハ中部以上ニ密毛アリ、總苞ノ基部ニ突出部アリ。

大栗 (Kurugun-bam) 大形ノ中栗大ノモノ。

3. **Castanea Bungeana,** Blume

In Mus. Bot. Lugd. Bat. I. (1850) p. 284.

Arbor usque 20 m. ramosa ambitu obovata v. late obovata. Truncus usque 4 pedalis. Fissus corticis vadosus. Ramus juvenilis glanduloso- elevato-punctulatus adpressissime sparsimque ciliolatus. Stipulæ ovato-lanceolatæ v. late lanceolatæ plus minus obliquæ caducæ. Folia lanceolata v. oblanceolata, petiolis 1–1.5 cm. longis, laminis supra sub lente primo glanduloso- elevato-punctulatis sed mox glabrescentibus, subtus dense adpresse stellato-canescentibus, (ramorum inferiorum et juvenilium glabris v. minutissime stellulatis) simulque glanduloso-punctulatis apice acuminatis, basi acutis v. mucronatis, margine argute cuspidato-serratis, penninervis, venis lateralibus utrinque 17–21. Inflorescentia amentacea axillaris erecta 3–12 cm. longa laxiuscula v. densa. Stamina 4 mm. longa. Involucrum fructiferum aciculis elongatis horridum. Fructus 1–3, globosa v. compressa, cicatrice dilatata, apice v. toto albo-villosula. Testa seminis facile a cotyledonibus sejuncta.

Nom. Vern. Kurugun-bam, Yang-jyu-bam.

Hab. in montibus Coreana (præter Quelpært et partem borealem) Distr. Liaotung et China.

Species *C. pubinerve* simulans, sed exqua differt testa seminis a cotyledonibus facilius sejunctis, cotyledonibus dulcioribus.

Ubique colitur. Olim ex plantis spontaneis legata.

Forma sequentes adsunt.

1. **Pul-bam**. Aciculæ involucri rubescentes v. rubræ.
2. **Pyong-bam**. Fructus ovato-oblongus acuminatus.
3. **Kong-bam v. Pak-bam**. Fructus minor 1.5–2 cm. latus.
4. **Sul-bam**. Testa seminis rubicunda.
5. **Ool-bam**. Fructus maturans a medio ad finitinum mensis Septembris.
6. **Nujin-bam**. Fructus maturans ab initio ad medium mensis Octobrii.
7. **Sori-bam**. Fructus maturans a medio ad finitimum mensis Octobrii.

8. **Oo-gun-bam.** Fructus maximus 5–6 cm. latus.
9. **Tol-bam v. Chai-bam.** Fructus facie adpresse villosulus.
10. **Mok-bam v. Chadi-bam.** Fructus atro-fuscus.
11. **Tdoji-bam.** Involucrum basi subito elevatum.

第三屬、しひ屬

常緑ノ喬木、葉ハ互生シ全緑又ハ鋸齒アリ。雄花穗ハ直立シ雄花ハ長キ六個乃至十二個ノ雄蕋ヲ有ス、雌花ハ雄花穗ト別ニ生ズルカ又ハ雄花穗ノ基部ニ生ズ、一總苞ニ一個宛ノ花アリ、柱頭ハ點狀、子房ハ三室、各室ニ二個宛ノ胚珠ヲ有ス、苞ハ花後成長シ、椀狀又ハ全然果實ヲ包ム、果實ハ二年ニテ成熟ス、卵形、橢圓形、球形等アリ、食用トナルモノ多シ。

世界ニ約百種アリ多クハ熱帶又ハ亞熱帶ノ產、朝鮮ニ二種アリ。

Gn. 3. **Lithocarpus,** Blume

Bijidragen (1825) p. 526. Fl. Jav. (1828) p. 34 t. 20. Endl. Gen. Pl. p. 275 n. 1846 Suppl. IV. (1847) p. 27. Miq. Fl. Ind. Bat. I. (1855) p. 865.

Sect. **Chlamydobalanus,** (Endl.) Nakai.

Quercus B. Chlamydobalanus, Endl. Gen. Pl. Suppl. IV. pars II. (1847) p. 28. DC. Prodr. XVI. 2. (1864) p. 102. Benth. et Hook. Gen. Pl. III. i. (1880) p. 409.

Quercus Sect. Castaneopsis, Blume in Mus. Bot. Lugd. Bat. I. (1850) p. 228.

Quercus Sect. Encleisocarpon, Miq. in Ann. Mus. Bot. Lugd, Bat. I. (1863–4) p. 116.

Pasania Sect. a. Chlamydobalanus, (Endl.) Prantl Nat. Pflanzen-familien III. i. (1894) p. 55. Schneid. Illus. Handb. Laubholzk. I. (1906) p. 160. Koidz' in Tokyo Bot. Mag. XXVII (1914) p. 70.

Arbor sempervirens. Amenta mascula erecta. Stigma punctatum. Involucrum fructum toto clausum. Fructus biennis. Species 2 in Corea adsunt.

4. つぶらじひ、一名たいこじひ

(第 八 圖 f. g.).

常緑ノ喬木ニシテ分岐多シ、枝ハ稍纖弱、葉ハ廣披針形又ハ倒廣披針形ニ
シテ先端トガル、鋸齒ハ小波狀ヲナシ著シカラズ、表面ハ緑色ニシテ光澤ア
リ、裏面ハ白色又ハ褐色ノ細カキ鱗片ニテ密ニ被ハル、花穗ハ腋生、直立ス
レドモ纖弱ナリ、 雄花穗ハ葉ヲ附ケタル枝ヲ伴ハズシテ恰モ花序ガ分岐セ
ル如ク見ユルコトアリ、雄花ハ一個ノ苞ト二個ノ小苞トヲ有ス、花被ハ一列
ニシテ六又ハ五叉ス、雄蕋ハ十二～十個、葯ハ二室、子房ハ退化シ毛多シ、雌
花穗ハ長サ一珊許ノ花梗ヲ有スルカ、又ハ殆ンド無柄、雌花ハ一個ノ苞ト多
數ノ小苞トヨリ成ル、花被ハ二列、六個ノ片ヨリ成ル、花柱ハ三叉シ柱頭ハ
點狀、果穗ハ長サ七珊ニ達スルアリ、總苞ニハ小刺アリ、球卵形ニシテ丸キ
果實ヲ全然包被ス、果實ハ無柄、果被ハ寧ロ軟カナリ。

濟州島南部ノ樹林中ニ生ズレドモ稀ナリ。

分布、琉球北部、九州、四國、本島ノ南西部。

4. **Lithocarpus cuspidata,** (Thunb.) Nakai.

Quercus cuspidata, Thunb. Fl. Jap. p. 176 et Icon. Pl. Jap. V. t.
47. Pers. Syn. Pl. II. p. 568. Sieb. et Zucc. Fl. Jap. I. p. 8. p.p.
DC. Prodr. XVI. 2. p. 103. p.p. Blume in Mus. Bot. Lugd. Bat. I.
p. 288.

Pasania cuspidata, Oerst. in Kjœb. Vidensk. Meddel. (1866). p.
81. Schneid. Illus. Handb. Laubholzk. I. (1906) p. 160 fig. 108. c.

Pasania cuspidata a. Thunbergii, Makino in Tokyo Bot. Mag.
XXIII. (1909) p. 141.

Arbor magna ramosissima. Cortex trunci asper et leviter fissus.
Ramus potius gracilis. Folia sempervirentia late lanceolata v.
oblanceolata acuminata v. cuspidata, dentibus obsoletis crenatis
utrinque paucis, supra lucida viridia infra dense stellulato-lepidota,
squamis primo albis, demum fuscentibus v. interdum semper albis.
Amenta axillaris erecta sed gracilis. Amenta mascula interdum
cum gemma terminali non evoluta ramosa esse videtur, densiflora
2–7 cm. longa brevi-pedunculata v. subsessilia. Flos masculus,
bractea 1, bracteolis binis laterali positis, segmentis tepalorum 6
(– 5), staminibus 12 (10); antheris bilocularibus, ovario abortivo

pubescenti. Amenta ♀ brevi-pedunculata. Flos femineus, bractea 1 apice truncata ciliata, bracteolis pluris continuis minimis ciliolatis, tepalis 6, biserialibus, stylis trifidis. Amenta fructifera circ. 7 cm. longa. Involucrum muricatum ovatum, fructum globosum perfecte claudum. Fructus sessilis. Nux globosa apice acuta, testa chartacea tenuior quam in *Lithocarpo Sieboldii*. Cotyledon edulis.

Hab. in australi latere insulæ Quelpært.

Distr. Kiusiu, Liukiu, Shikoku, Nippon occid. et austr.

5. す だ じ ひ

(第 八 圖 *a-e.*)

喬木分岐多シ、枝ハ稍太シ、葉ハ廣披針形又ハ長橢圓形又ハ倒廣披針形、邊緣ニハ小波狀ノ鋸齒アリ、 上面ハ綠色ニシテ光澤アレドモ裏面ハ白色又ハ褐色ノ小鱗片ニテ密ニ被ハル、花穗ハ腋生、雄花穗ハ長クつぶらじひヨリ太シ、果穗ノ軸ハ太ク、通例枝ヨリ太シ、總苞ハ卵形又ハ歪長卵形又ハ太キ角狀ヲナシ、 刺ハ著シカラズ、果實ハ卵形又ハ長ク果皮ハ硬シ。

濟州島並ニ群島ニ產ス。

分布、四國、九州、本島西南部。

5. **Lithocarpus Sieboldii,** (Makino) Nakai.

Pasania Sieboldii, Makino in Tokyo Bot. Mag. XXIV (1910) p. 232.

Pasania cuspidata *β.* Sieboldii, Makino in Tokyo Bot. Mag. XXIII (1909) p. 141.

Pasania cuspidata, (non Oerst.) Prantl in Nat. Pflanzenf. III. i. p. 55. fig. 38. H. Shirasawa Nippon-Shinrin-Jumoku-Dzufu. I. t. 34. 1–13.

Arbor magna ramosissima. Ramus robustus. Folia semper-virentia late lanceolata, elongato-elliptica v. oblanceolata, obtuse crenato-serrulata supra lucida viridia, subtus albo v. fusco-stellulato-lepidota. Amenta axillaris, mascula elongata ea *Lithocarpi cuspidatæ* conformis sed rhachi robustior. Rhachis fructifera ramis robustior. Involucrum fructiferum ovatum v. oblique oblongum v.

oblique lanceolatum rugosum sed non spinulosum.　Nux oblonga v. ovata v. brevi-cornuta, stylis persistentibus coronata.　Testa coriacea.　Cotyledon edulis.

Hab. in Quelpært et archipelago Coreano.

Distr. Nippon, Shikoku et Kiusiu.

第四屬　か　し　屬

Quercus, (Theoph.) Tournef. Instit. Rei Herb. I. p. 582. t. 349.

常綠又ハ落葉ノ喬木又ハ灌木、葉ハ羽狀脈ヲ有シ、全緣又ハ鋸齒アリ。 花ハ極メテ小ニシテ、雄花ハ長キ穗ヲナシ下垂ス。 各花ハ六裂セル花被ト、六個乃至十二個ノ雄蕋ヲ具フ。 雌花ハ一總苞ニ一個宛アリ、花被ハ長ク子房ハ三室、 各室ニ二個宛ノ胚珠ヲ有シ、花柱三個ニシテ外方ニ反轉シ、其內面ハ柱頭ナリ、苞ハ花後成長シ通例椀狀ヲナシ又ハ壺狀トナルコトモアリ。苞ハ合シテ數層ヲナスカ、又ハ長ク反轉セル鱗片ヨリ成ルカ、又ハ短カキ鱗片ヨリ成ル。 果實ハ殼斗、卵形、橢圓形又ハ球形ナリ。果實ハ槪ネ其儘食用ニ供シ難シ。

世界ニ二百餘種、朝鮮ニ十五種アリ、大別シテ次ノ數節ニ區別シ得。

第一亞屬、櫟亞屬。

　落葉樹又ハ常綠樹、總苞ハ細長キ鱗片ヨリ成ル、鱗片ハ(通例少クモ外方ノモノハ)反轉ス、果實ハ二年ニテ成熟ス。

第一節、あべまき節。

　落葉樹、葉裏ニハ星狀毛密生ス、表面ハ單純ノ微毛アリ、 樹皮ハ木栓質ヨク發達ス。

　　あべまき。

第二節、くぬぎ節。

　落葉樹、葉ニハ毛アレドモ星狀毛ナシ、樹皮ハ木栓質發達セズ硬シ。

　　くぬぎ。

第二亞屬、楢槲亞屬。

　落葉樹又ハ常綠樹、果實ハ一年ニテ成熟ス。

第三節、なら節。

　葉ハ單純ノ毛ト星狀ノ毛トヲ混有ス、總苞ハ直立セル鱗片ヨリ成ル、通例鱗片ハ短カシ、かしはもどきニテハ長ク外反ス。

　　もんごりなら。　こなら。　ならがしは。(あをならがしは、あか

じくならがしは、以上變種)おほばこなら。てりはこなら。　てうせんこなら。　かしはもどき。

第四節、かしは節。

葉ハ星狀毛ニテ被ハルレドモ往々殆ンド無毛トナルコトアリ、總苞ノ鱗片ハ長ク通例外方ニ反轉ス。

かしは。

第三亞屬、鐵橰亞屬。

常綠樹。　樹層ハ粗糙ナレドモ裂刻ナシ、葉裏ハ臘質ニテ被ハル、苞ハ輪狀ノ層ヨリ成ル、果實ハ皆一年ニテ成熟ス。

しらかし、あらかし。

第四亞屬、血橰亞屬。

常綠樹、樹膚ハ多少ニ係ハラズ裂刻ス、苞ハ輪狀ノ層ヨリ成ル、果實ハ二年ニテ成熟スル事ト一年ニテ成熟スル事トアリ、　歳又ハ枝ニ依リテ異ナル。

第一節、あかがし節。

若葉ハ若枝ト共ニ褐毛ニテ密ニ被ハル、此毛ハ成長ニツレ脱落ス、成長セル葉ハ裏面綠色ナリ。

あかがし。

第二節、うらじろがし節。

若葉ト若枝ニ褐毛ナシ、　葉ハ成育スレバ裏面ニ白臘質ヲ分泌シ白色ナリ。

うらじろがし。

Conspectus subgenerum et sectionum.

Subgn. 1. **Cerris,** Oerst.

Folia persistentia v. decidua. Involucri squamæ lineares angustæ, saltem exteriores recurvæ. Fructus biennis.

Sect. 1. **Stellatæ,** Nakai.

Folia decidua, subtus dense stellulato-tomentosa, supra pilis simplicibus pilosa. Cortex suberosa.

Quercus serrata, Thunb.

Sect. 2. **Pilosæ,** Nakai.

Folia decidua, pilis simplicibus pilosa. Cortex dura.

Quercus acutissima, Carr.

Subgn. 2. **Lepidobalanus,** Endl.

Folia persistentia v. decidua. Fructus annuus.

Sect. 3. **Diversipilosæ,** Schneid.

Folia decidua, pilis simplicibus ac stellulatis pilosa. Involucri squamæ erectæ vulgo breves.

Quercus mongolica, Fischer.

,, glandulifera, Blume.

,, aliena, Blume.

,, major, Nakai.

,, donarium, Nakai.

,, Mc Cormickii, Carr.

,, anguste-lepidota, Nakai var. koreana, Nakai.

Sect. 4. **Dentatæ,** Schneid.

Folia decidua pilis stellulatis dense vestita interdum glabra. Involucri squamæ lineares exteriores v. omnes reflexæ, rarissime erectæ.

Quercus dentata, Thunb.

Subgn. 3. **Cyclobalanopsis,** (Oerst.) Prantl.

Folia persistentia, subtus cera glauca v. glaucina interdum viridia. Fructus omnes annui. Cortex trunci dura aspera non fissa.

Quercus glauca, Thunb.

Quercus myrsinæfolia, Blume.

Subgn. 4. **Cyclotheca,** Nakai.

Folia persistentia. Fructus annui et biennes mixti. Cortex trunci plus minus fissus.

Sect. 5. **Chlamydophylla,** Nakai.

Folia juvenilia cum tomentis fuscis dense vestita. Folia adulta glaberrima subtus viridia.

Quercus acuta, Thunb.

Sect. 6. **Ceriferæ,** Nakai.

Folia juvenilia sine tomentis fuscis. Folia adulta subtus cera nivea.

Quercus stenophylla, Nakai.

6. く ぬ ぎ

（第 九 圖）

　落葉ノ喬木、樹皮ハ硬ク不規則ノ缺刻アリ。葉ハ細長ク針狀ノ鋸齒アリ。葉柄ノ長サ一乃至三珊、若葉ハ單純ノ微毛ニテ被ハルレドモ老成スレバ無毛トナル。果實ハ二年ニテ成熟シ、總苞ハ細長キ苞ヨリ成リ、絨毛生ズ。果實ハ徑一珊以上アリ、球形又ハ球卵形ナリ。

　平安北道ノ南部、平安南道、黃海、京畿、江原、慶尙、全羅ノ諸道、群島並ニ濟州島ニ生ズ、野生品ハ多ク伐探セラレ現時ハ栽培品多シ、栽植スレバ咸鏡北道明川郡ニモ生育ス。

　分布、本島、四國、九州、支那。

6.　**Quercus acutissima,** Carruthers

In Journ. Linn. Soc. IV. (1862) p. 33.

Q. acuminatissima, (non Blume) Carr. l.c. p. 32.

Q. serrata, (non Thunb.) Miq. Ann. Mus. Bot. Lugd. Bat. I. p. 105. DC. Prodr. XVI. 2. (1864) p. 50. Fran. et Sav. Enum. Pl. Jap. I. (1875) p. 447. Shirai in Tokyo Bot. Mag. IX (1895) p. 412. Pl. VII. 8. Shirasawa Nippon-Shinrin-Jumoku-Dzufu Pl. XXVI. 1–12. Matsum. Ind. Pl. Jap. II. 2. p. 29. Nakai Fl. Kor. II. p. 208.

Arbor usque 20 metralis, cortice dura irregulariter fissa. Folia decidua, petiolis 1–3 cm. longis, lamina lanceolata v. oblanceolata, cuspidato-serrata, juvenilia hirsuta, demum glabrescentia. Fructus biennis. Involucrum squamis subulato-acuminatis v. linearibus villosulis exterioribus v. omnibus reflexis sed rarius omnibus erectis. Nux globosa v. ovata diametro 1–2 cm.

Nom. Vern. Chang-nam.

Hab. in Corea media et austr., nec non Quelpært, sed nunc in borealibus partibus late culta.

Distr. China, Kiusiu, Shikoku et Nippon.

7. あ べ ま き

（第 十 圖）

喬木、樹皮ハ木栓質ヨク發達シ、不同ノ凹凸アリ。 葉ハ細長ク、葉柄ハ長
サ一乃至三珊、邊緣ニハ針狀ノ鋸齒アリ、表面ニハ若キ時ニノミ微毛アリ、
裏面ニハ白キ星狀毛密生シテ白色ヲ呈ス、果實ハ二年ニテ成熟ス、總苞ノ鱗
片ハ細長ク、少クモ外方ノモノハ反轉シ、絨毛ニテ被ハル。 果實ハ橢圓形、
徑一珊許。

主トシテ中部南部ノ山地ニ生ズレドモ濟州島ニハナシ。 南部ニアリテハ
標高七八百米突ノ邊ヨリ一千米突ノ邊ニ多シ。

分布、日本、南滿洲、支那。

7. Quercus serrata, Thunb.

Fl. Jap. (1763) p. 176. Willd. Sp. Pl. IV. i. p. 431. Pers. Syn.
Pl. II. p. 568. Bl. Mus. Bot. Lugd. Bat. I. (1850) p. 296. Kom.
Fl. Mansh. II. p. 74. Schneid. Illus. Handb. Laubholzk. I. (1906)
p. 178. fig. 108. d. fig. 109. a–b.

Q. chinensis, (non Abel) Bunge Enum. Pl. Chin. bor. p. 61. DC.
Prodr. XVI. 2. p. 50.

Q. variabilis, Bl. l.c. p. 297. DC. l.c. Fran. et Sav. Enum. Pl.
Jap. I. p. 447. Shirai in Tokyo Bot. Mag. IX (1895) p. 413. Pl.
VII. 3. Shirasawa Nippon-Shinrin-Jumoku-Dzufu Pl. XXVIII. 1–11.
Nakai Fl. Kor. II. p. 208.

Q. Bungeana, Forbes in Journ. Bot. (1884) p. 83 et 85. Fran.
Pl. Dav. p. 295. Skan in Journ. Linn. Soc. XXVI. p. 508. Palib.
Consp. Fl. Kor. II. p. 50.

Q. serrata, Thunb. v. chinensis, Wenzig in Jahrb. Bot. Gart.
Berlin IV. p. 221.

Arbor usque 30 metralis, cortice suberosa aspera irregulariter
profunde fissa. Folia petiolis 1–3 cm. longis, lamina lanceolata v.
oblanceolata, cuspidato-serrata, apice acuminata, basi rotundata v.
truncata v. leviter cordata, juvenilia supra ciliolata demum glabra,
subtus minute dense stellulato-tomentosa. Fructus biennis. In-
volucrum squamis subulato-acuminatis v. linearibus villosulis, saltem

exterioribus reflexis. Nux oblonga v. elliptica diametro circ. 1 cm.
Hab. in montibus Coreæ mediæ et austr. (præter Quelpært).
Distr. China, Manshuria austr. et Japonia.

8. もんごりなら

分岐多キ落葉ノ喬木トナリ、樹膚ハ硬ク不規則ノ缺刻アリ。若枝ニ微毛
疎生スルト全然毛ナキモノトアリ。皮目散點ス、葉ハ個體ニ依リ大小廣狭
ヲ異ニスレドモ通例長倒卵形ニシテ疎大ノ鋸齒アリ。葉柄短カク葉身ノ基
部耳形ヲナスヲ以テ殆ンド無柄葉ノ觀アリ。側脈ハ兩側ニ六本乃至十三本
アリ。葉ノ表面ハ毛ナキヲ常トスレドモ、多毛ノ個體ニアリテハ、主脈ニ沿
ヒテ細毛密生ス。裏面ニハ通例若キ時ニ微毛アレドモ、個體ニヨリ全クナ
キモノアリ、鋸齒ハ丸キカ又ハ稍トガル、雄花穂ハ纎弱ニシテ下垂ス、雌花
穂ハ短カク數個ノ花ヲツク、果實ハ一年ニテ成熟シ一個乃至二三個宛生ズ。

全道ノ山地、樹林ニ生ジ濟州島、欝陵島ニモアリ、朝鮮産殼斗科植物中最
モ普通種ナリ、特ニ北部ニ多ク主要樹種タリ。

葉ノ小形ナルハ「はごろもなら」(第十一圖)ト云ヒ、葉緣ノ鋸齒ノ尖レル
モノハ「まんしうみづなら」(第十二圖)ノ名アレドモ、何レモ個體的差異ア
ル品ニ附セラレシ名稱ニスギズ。

分布、本島中部ノ山地(稀)、樺太、北支那、滿洲、烏蘇利地方、東蒙古。

8. Quercus mongolica, Fischer.

In litt. ex Turcz. Cat. Baic. Dah. n. 1014. Ledeb. Fl. Ross. III.
p. 586. Rupr. in Mél. Biol. II. p. 554. Maxim. Prim. Fl. Amur.
p. 241. Regel Tent. Fl. Uss. n. 434. DC. Prodr. XVI. ii. p. 14.
Fr. Schmidt Amg. n. 324. Sach. n. 377. Skan in Journ. Linn. Soc.
XXVI. p. 519. Kom. Fl. Mansh. II. p. 68. Nakai Fl. Kor. II. p.
208. Schneid. Illus. Handb. Laubholzk. I. p. 209. Koidz. in Tokyo
Bot. Mag. XXVI. p. 165.

Q. sessiliflora v. mongolica, Fran. Pl. Dav. p. 273.

Arbor usque 10 metralis ramosissima, cortice dura irregulariter
fissa. Ramus glaber lenticellis sparsim punctulatus. Folia sub-
sessilia obovata v. late oblanceolata penninervia, nervis primariis
utrinque 6–13, supra glabra, subtus secus venas ciliata v. glabra,

dentibus obtusis v. acutis. Amenta mascula gracilis pendula. Amenta feminea brevis oligantha. Fructus annuus in quoque pedunculo binus v. ternus interdum solitarius. Involucrum vadoso-hemisphæricum, squamis tuberculosum. Nux globosa v. ovata apice adpressissime ciliolata.

α. **typica,** Nakai.

Dentes folii obtusi. Folia rami fructiferi circiter 10–18 cm. longa.

f. 1. **glabra,** m.

Folia glaberrima.

f. 2. **tomentosa,** m.

Folia subtus secus venas pilosa.

Hab. in montibus peninsulæ Coreanæ, Quelpært et Ooryöng-tô.

Distr. Dahuria, Amur, Manshuria, China, Ussuri, Sachalin et Nippon media (ubi rara).

β. **liaotungensis,** (Koidz.) Nakai.

Q. liaotungensis, Koidz. in Tokyo Bot. Mag. XXI (1912) p. 166. Icon. Pl. Koish. I. p. 4. Pl. 55.

Dentes folii obtusi. Folia rami fructiferi circiter 6–9 cm. longa.

f. 1. **glabra,** m.

Q. funebris var. glabra, Lévl. in litt.

Folia fere glabra.

f. 2. **funebris,** m.

Q. funebris, Lévl. in litt.

Folia utrinque secus venas pilosa v. villosula.

f. 3. **undulatifolia,** m.

Q. undulatifolia, Lévl. in litt.

Folia margine undulato-curvata.

Hab. in montibus Quelpært.

Distr. f. 1. Liaotung Peninsula. f. 2 et 3 sunt plantæ endemicæ.

γ. **manshurica,** (Koidz.) Nakai.

Q. grosse-serrata, (non Miq.) Kom. Fl. Mansh. II. p. 74. Nakai Fl. Kor. II. p. 209.

Q. crispula v. manshurica, Koidz. in Tokyo Bot. Mag. XXVI. p. 164. Dentes folii acuti v. acutiusculi. Folia rami fructiferi circiter 10–18 cm. longa. Folia ea *Q. crispulæ* similia, sed venis primariis oligomeris vulgo distantibus et cupula vadosior.

Hab. in montibus Peninsulæ.

Distr. Manshuria.

9. こ　な　ら

ソ　ク　ソ　リ　（全　南）

（第 十 三 圖）

喬木、大ナルハ幹ノ徑三尺、高サ二十米突ニ達ス、皮ハ歪ノ缺刻アリ、若枝並ニ若葉ハ白毛密生ス、　葉ハ老成スレバ長サ二乃至二十糎許ノ葉柄ヲ有スル倒廣披針形又ハ狭長橢圓形、表面ハ無毛ニシテ綠色、下面ハ淡綠色又ハ淡灰色、雄花穂ハ細ク下垂シ、多毛ナリ、雌花穂ハ花少クシテ直立ス、總苞ハ圓球形ノ椀狀ニシテ鱗片ハ細カク短絨毛生ズ、果實ハ卵形、橢圓形、長橢圓形等アリ。

中部以南ノ山地樹林ニ生ジ稀ナラズ、特ニ濟州島ニ多シ。

分布、支那、日本。

9. **Quercus glandulifera,** Blume.

In Mus. Bot. Lugd. Bat. I. (1850) p. 295. Miq. Prol. Fl. Jap. p. 358. DC. Prodr. XVI. 2. p. 40. Fran. et Sav. Enum. Pl. Jap. I. p. 447. Fran. Pl. Dav. p. 274. Skan in Journ. Linn. Soc. XXVI. p. 514. Palib. Consp. Fl. Kor. II. p. 51. Nakai Fl. Kor. II. p. 207. Shirai in Tokyo Bot. Mag. IX. (1895) p. 410. Pl. VII. i. Shirasawa Nippon-Shinrin-Jumoku-Dzufu Pl. XXVI. 13–24. Schneid. Illus. Handb. Laubholzk. I. p. 208.

Q. canescens, Bl. l.c. DC. Prodr. XVI. 2. p. 15. Miq. l.c. Fr. et Sav. l.c. Shirai l.c. Pl. VII. 2.

Q. canescens, var. urticæfolia, Miq. in Ann. Mus. Bot. Lugd. Bat. I. p. 105.

Q. coreana, Lévl. in litt. fide Taquet.

Q. grosse-serrata, Lévl. in litt. fide Taquet.

Q. serrata, Lévl. in litt. fide Taquet.

Q. urticæfolia, Bl. l.c. DC. l.c. p. 16. Fran. et Sav. l.c. Skan l.c. p. 522. Matsum. Ind. Phanerog. Jap. p. 30.

Arbor magna, cortice dura irregulariter fissa. Ramus et folia juvenilia canescentia. Folia adulta petíolis 2–20 mm. longis, lamina supra glabra, subtus glaucina v. viridia pilosa v. glabra, late oblanceolata v. oblanceolata v. oblongo-elliptica. Amenta mascula gracilis villosula pendula. Amenta feminea distincte pedunculata oligantha brevis v. elongato-polyantha. Fructus annuus. Involucrum hemisphæricum v. breve hemisphæricum, squamis brevibus adpresse ciliolatus. Nux ovata, elliptica v. oblonga.

Nom. Vern. Soksori.

Hab. in montibus Coreæ mediæ et austr., nec non Quelpært.

Distr. China et Japonia.

10.　ならがしは一名かしはなら

トッカランイップ（全南）

（第 十 四 圖）

喬木大ナルハ高サ三十米突幹ノ徑一米突ニ達ス、　皮ハ硬ク深ク不規則ノ缺刻アリ、　枝ニ毛ナク葉ハ稍長キ葉柄ヲ具ヘ倒長卵形又ハ倒卵形ヲ帶ビタル楕圓形ニシテ疎大ノ鋸齒アリ、鋸齒ハ或ハトガリ或ハ丸シ、葉ノ表面ニ毛ナク裏面ニハ細カキ星狀毛密生ス、　其爲メ白色ヲ呈スレドモ往々毛減退シ其極端ノ一變種あをならかしはニアリテハ殆ンド毛ナシ、　側脈ハ兩側ニ各十一乃至十七本アリ、　葉柄ノ長サ一乃至三珊、葉身ノ長サ九乃至二十五珊許、雄花穗ハ毛少ナク下垂ス、果實ハ一年ニテ成熟シ二、三個宛生ジ、總苞ハ半球形ニシテ鱗片ハ短カク柑重リテ生ズ、果實ハ卵形、球形、楕圓形等アリテ先端又ハ殆ンド全面ニ短毛生ズ。

中部南部ノ山地ニ産シ特ニ中部ニ多ク濟州島ニナシ。

分布、支那、印度ノ北部、滿洲、日本。

一種葉裏ニ毛ナキカ又ハ僅カニ葉脈上ニ微毛アルアリ、　之レヲあをならがしはト云フ、　又葉柄紅色ニシテ果實ニ一面ニ毛アルモノアリ之レヲあかじくならがしはト云フ何レモ中部ノ産ナリ。

10.　Quercus aliena, Blume.

In Mus. Bot. Lugd. Bat. I. (1850) p. 298. DC. Prodr. XVI. 2. p. 14. Fran. et Sav. Enum. Pl. Jap. I. p. 445. Skan in Journ.

Linn. Soc. XXVI. p. 505. Shirasawa Nippon-Shinrin-Jumoku-Dzufu
Pl. XXVIII 12–22. Palib. Consp. Fl. Kor. II. p. 50. Kom. Fl.
Mansh. II. p. 75. Nakai. Fl. Kor. II. p. 209. Koidz. in Tokyo Bot.
Mag. XXVI. p. 163.

Q. Griffithii, Hook. et Thom. in DC. Prodr. XVI. ii. p. 14.

Arbor magna et alta usque 30 m. alta, trunco 1 m. diam., cortice dura
irregulariter fissa. Ramus glaber. Folia distincte petiolata, petiolis
glabris 1–8 cm. longis, lamina oblongo-obovata v. elliptica grosse
serrata, serratulis nunc obtusis, nunc mucronatis nunc acutis, supra
glabra, subtus minute stellulato-tomentosa, venis primariis utrinque
11–17, 15 cm. lata –25 cm. longa (7.5–15, 7–15.3, 3.5–9.5 etc.).
Amenta mascula glabrescens pendula. Fructus annuus. Cupula
bina v. terna hemisphærica, squamis adpressissime imbricatis.
Nux ovata, rotundata v. oblonga apice v. fere toto adpressissime
ciliolata.

Nom. Vern. Tokkarang-ipp.
Hab. in montibus Coreæ mediæ et austr., præter Quelpært.
Distr. China, India, Manshuria austr. et Japonia.
var. **pellucida,** Bl. l.c.
Folia subtus glaberrima v. secus venas tantum pilosa.
Hab. in montibus Coreæ mediæ.
Distr. Nippon.
var. **rubripes,** Nakai.
Petioli et costæ rubri. Nux late elliptica toto adpresse ciliolata.
Hab. in montibus Coreæ mediæ.
Planta endemica!

11. おほばこなら

チャンナム (平北)

（第 十 五 圖）

喬木、大ナルハ高サ二十米突、幹ノ徑目通二尺五寸ニ達シ皮ハ硬ク不規則
ノ缺刻アリ、枝ハ最初微毛アルカ又ハ全ク無毛ナリ、葉ハ長サ一珊許ノ葉柄
ヲ有シ長倒卵形ナリ、長サ十乃至十六珊許、表面ハ無毛緑色、裏面ハ淡緑、星

狀毛アリ、葉脈ニ沿ヒテハ微毛生ズ、側脈ハ兩側ニ十乃至十六本アリ、果實ハ一年ニテ成熟シ、卵形又ハ楕圓形、 總苞ハ短カキ半球形ニシテ鱗片短カシ、果實ハ卵形又ハ楕圓形ナリ。

中部北部ニ產シ南部ニ稀ナリ、特ニ北部ニ多シ、朝鮮ノ特產品トス、こならとあをならがしはトノ中間ニ位シ、 殼斗並ニ果實ハ前者ニ同ジク葉ハ形狀大サ共ニ後者ニ近クシテ側脈ハ一層相近シ。

11. **Quercus major,** (Seem.) Nakai.

Q. glandulifera var. major, Seem. in litt. apud Faurie.

Arbor usque 20 m. alta, trunco 8 d.m. diam., cortice dura irregulariter fissa. Ramus primo glaber v. ciliatus, lenticellis albis minute sparsimque punctulatus. Folia distincte petiolata, ramorum fructiferorum petiolis 1 cm. longis, laminis 10–16 cm. longis oblongo-obovatis v. late oblanceolatis, supra viridibus, subtus glaucinis stellulato-pilosis simulque secus venas pilosis, venis primariis utrinque 10–16. Fructus annuus. Cupula brevi-hemisphærica squamis imbricatis abbreviatis adpressissime ciliatis. Glans ovata v. oblonga.

Hab. in montibus Peninsulæ Coreanæ, præcipue in boreali parte copiosa.

Planta endemica!

12. て り は こ な ら

（第 十 六 圖）

高サ十米突許ノ落葉樹、皮ハ不規則ノ缺刻アリテ硬シ、枝ニ毛ナク皮目散點ス、葉ハ長サ一乃至一、二珊許ノ無毛ノ葉柄ヲ具ヘ葉身ハ倒狹卵形又ハ倒披針形ニシテ先端著シク長ク、 表面ハ光澤ニ富ミ裏面ハ淡綠色ニシテ光澤ナシ。 鋸齒ハ內曲ス、側脈ハ兩側ニ各十一乃至十五本アリ、果實ハ一年ニテ成熟スルモノ、如シ。

慶尙南道智異山麓ニ生ジ稀ナリ。

朝鮮特產品。

12. **Quercus donarium**, Nakai.

Affinis *Q. glanduliferæ*, sed foliis majoribus supra lucidis grossius serratis exqua bene dignoscenda.

Arbor 10 metralis alta, cortice irregulariter fissa dura. Ramus glaber, lenticellis albis minutis punctulatus. Folia petiolis glabris 1–1.2 cm. longis, laminis oblanceolatis longe acuminatis 7–12 cm. longis, supra lucidis, subtus pallidis v. glaucinis pilosisque, margine grosse incurvato-serratis, venis primariis utrinque 11–15. Fructus annuus, unicus ad apicem pedunculi 1–1.3 cm. longi terminalis. Cupula ut in *Q. glandulifera*.

Hab. Corea austr. pede montis Chirisan.

Planta endemica!

13. てうせんこなら

チョリアル (平北)

（第 十 七 圖）

喬木、皮ハ硬シ、枝ハ單純ノ毛及ビ星狀毛密生ス、葉柄ノ長サ半珊乃至一珊許、葉身ハ倒卵形又ハ長倒卵形、丸キ疎鋸齒アリ、表面ハ葉脈ニ微毛アルノミナレドモ裏面ニハ稍密毛生ズ、雄花穗ハ下垂シ、雌花穗ハ長キハ十二珊半ニ達シ毛多シ、果實ハ一年ニテ成熟シ總苞ハ半球形ニシテ鱗片ハ細長ク直立シ帶褐色、果實ハ橢圓形長サ二珊許ニ達ス。

朝鮮中部西北部ノ樹林ニ生ズ。

分布、遼東半島。

一種鋸齒ノ尖レルモノアリ、葉形モ種々ニ變化シ一方本島產ノほそばがしはニ接近シ一方てうせんこならニ接近ス、之レヲこならもどき(第十八圖)ト云フ。

13. **Quercus Mc Cormickii**, Carr.

In Journ. Linn. Soc. VI. (1861) p. 32. Baker et Moore in Journ. Linn. Soc. XVII. p. 387. DC. Prodr. XVI. 2. p. 14.

Q. dentata, Thunb. var. Mc Cormickii, Skan in Journ. Linn. Soc. XXVI. p. 511. Palib. Consp. Fl. Kor. II. p. 51. Nakai Fl. Kor. II. p. 209.

Arbor. Ramus pilis simplicibus et stellulatis bis pubescens. Folia petiolis 0.5–1 cm. longis pubescentibus, lamina obovata v. oblanceolata grosse obtuseque serrata, supra præter venas adpresse villosulas glabra v. sparsissime pilosa, subtus dense adpressissime villosula v. glabra. Inflorescentia feminea elongata 2–12.5 cm. longa villosula. Styli tres recurvi. Fructus annuus. Pedunculi fructiferi 2 cm. longi. Involucrum hemisphæricum, squamis villosulis elongatis imbricatis. Nux elliptica fere 2 cm. longa.

Nom. Vern. Chori-al.

Hab. in silvis montium Coreæ occid.

Distr. Liaotung peninsula.

var. **koreana,** Nakai.

Q. koreana. Nakai in Schéd. Herb. Imp. Univ. Tokyoensis.

Folia acute serrata basi acuta v. obtusa v. truncata v. auriculata. Cetera ut typica. Venæ laterales utrinque 7–14 et si venæ proxime positæ (ut tab. 14. fig. a) *Quercum nipponicam* transire videtur.

Hab. in montibus Coreæ mediæ et occid.

Planta endemica!

14. か し は も ど き

(第 十 九 圖)

枝ハ星狀毛密生ス、葉ハ極メテ短カキ柄ヲ有シ倒卵形又ハ倒長卵形、表面ハ葉脈ヲ除ク外ハ無毛、 裏面ハ星狀毛密生シ葉脈上ニハ單純毛ト星狀毛ト混生ス、葉身ノ基脚ハ耳形ヲナシ先端尖リ邊緣ニハ銳鋸齒アリ、側脈ハ兩側ニ七乃至十一本、果實ハ橢圓形ニシテ一年ニテ成熟ス、總苞ハ半球形、鱗片ハ細長クシテ反轉ス、其狀かしはノ總苞ヲ小ニセルガ如シ、內面平滑ニシテ外面ニハ短毛ヲ生ズ。

中部ノ產。

朝鮮特產品ナリ。

14. **Quercus anguste-lepidota,** Nakai.

Q. nipponica, Koidz. in Tokyo Bot. Mag. XXVI. p. 161. p. p.

Arbuscula ramosissima. Ramus juvenilis angulato-sulcatus

pubescens. Folia subsessilia, petiolis 3 mm. longis stellato-pubescentibus, obovata v. oblongo-obovata, apice obtusa v. acuta usque 17 cm. longa, acute grosse serrata, basi auriculata, sæpe primo sparsim scaberulo-pilosa, demum glabrescentia, subtus plus minus stellato-pilosa sed venæ ciliis simplicibus ac stellatis vestitæ (si folia glabriora ciliæ simplices polymeræ). Venæ laterales utrinque 10–14.

var. **typica,** Nakai.

Squamæ cupulæ angustæ, extremæ ovatæ, mediæ et interiores angustæ 1 mm. latæ leviter reflexæ rubescenti-fuscæ, extus pilosæ cupulam valde superantes. Glans ovata stylo subito cuspidata. Folia oblongo-obovata.

Hab. Nippon: Aidzu et Wakayama.

var. **coreana,** Nakai.

Folia obovata. Squamæ cupulæ 1.5 mm. latæ.

Hab. Corea: Chemulpo.

Planta endemica!

15. かしは

カツンナム、トツカル(平北) カルラルナム。カルタムナム(京畿)
カルタックニックナム(濟州島)

(第 二 十 圖)

喬木又ハ灌木、皮ハ硬ク凹凸著シ、若枝ハ星狀毛密生ス、葉ハ倒卵形ニシテ濶大、葉柄短カク表面ハ時ヲ經ルニ從ヒ無毛トナレドモ裏面ニハ星狀毛密生スルヲ常トス、側脈ハ兩側ニ八乃至十三本、鋸齒ハ丸シ、雄花穗ハ長ク多毛ニシテ下垂ス、雌花穗ハ或ハ長ク或ハ短カシ、果實ハ一年ニテ成熟シ、總苞ハ半球形、鱗片ハ細長クシテ反轉ス、外面ニハ毛アレドモ內面ニハ毛ナク赤褐色ナリ、果實ハ大ニシテ球形、徑一乃至二珊許ナリ。

殆ンド全道ニ分布シ濟州島ニモアリ。

分布、支那、南滿洲、日本。

一種葉裏ニ星狀毛ナク擴大鏡下ニ照シテ僅カニ微毛ヲ認ムルモノアリ、此モノハ秋期全然無毛トナルヲ常トス、若枝ニハ微星狀毛アリ、殼斗ノ鱗片ハ內方ノモノハ直立ス、之レヲあをがしはト云フ、京畿道ノ産。

又一種鱗片ノ悉ク直立スルモノアリ、側脈ニ互ニ近ク排列ス、たちがしは
（第二十一圖）ト云フ、黃海道ノ產。

15. Quercus dentata, Thunb.

Fl. Jap. p. 177. Icon. Pl. Jap. dec. V. 4. 6. Pers. Syn. Pl. II.
p. 570. Blume Mus. Bot. Lugd. Bat. I. p. 297. DC. Prodr. XVI.
2. p. 13. Fran. et Sav. Enum. Pl. Jap. I. p. 445. Fran. Pl. Dav.
p. 275. Skan in Journ. Linn. Soc. XXVI. p. 511. Palib. Consp.
Fl. Kor. II. p. 51. Shirasawa Nippon-Shinrin-Jumoku-Dzufu Pl.
XXVII. 1–15. Schneid. Illus. Handb. Laubholzk. I. p. 209. f. 133.
Nakai Fl. Kor. II. p. 209. Koidz. in Tokyo Bot. Mag. XXVI. p.
161.

Q. dentata var. Wrightii, DC. Prodr. XVI. 2. p. 13.

Q. obovata, Bunge Enum. Pl. Chin. bor. p. 62. DC. l.c.

Q. dentata var. grandifolia, Koidz. l.c.

Q. yunnanensis, Fran. in Journ. Bot. (1899) p. 146.

Arbor, cortice dura elevata irregulariter fissa. Ramus dense
stellato-villosus. Folia obovata v. obovato-oblonga subsessilia, supra
glabra, subtus dense villosula v. pilosula, basi auricularia, apice
obtusa, margine grosse obtuse dentata, venis primariis utrinque
8–13. Amenta mascula elongata pendula pubescens. Amenta
feminea floribus laxe v. densius positis 3–6 floris. Fructus annuus.
Cupula hemisphærica, squamis linearibus eximie elongatis reflexis,
extus villosulis, intus glabris. Nux magna rotundata diametro
1.3–2 cm.

Nom. Vern. Katung-nam, Kallaru-nam, Karutam-nam, Tokkal,
Kalutacnic-nam.

Hab. Corea tota Quelpært inclusa.

Distr. China, Manshuria austr. et Japonia.

var. fallax, Nakai.

Folia subtus sub lente minutissime ciliata, nunquam stellato-
pilosa. Venæ subtus glaberrimæ. Ramus juvenilis minutissime
stellulato-pilosus. Squamæ cupulæ interiores erecfæ.

Hab. in montibus Coreæ mediæ et occid.

Planta endemica!

var. **erecto-squamosa,** Nakai.

Folia subtus stellato-pilosa. Squamæ cupulæ erectæ leviter diver-
gentes. Venæ laterales utrinque 10–14, quam typica multo proxime
posita. Hab. in montibus Coreæ mediæ.

Planta endemica!

16. あ か が し

ブックサリナム（濟州島）

（第 二 十 二 圖）

常綠ノ喬木、皮ハ著シキ凹凸ナケレドモ粗糙ナリ、枝並ニ葉ハ最初褐毛ニ
テ密ニ被ハルレドモ葉ノ伸長スルニ從ヒ剝脱シテ無毛トナル、若枝ニハ皮
目散點ス、葉柄ノ長サ一乃至三珊半許、葉身ハ廣披針形ニシテ厚ク先端トガ
リ全緣ナルカ又ハ先端ニ近ク小鋸齒アリ、葉身ノ長サ八乃至十三珊、雄花穗
ハ褐毛ニテ被ハレ下垂ス、果實ハ一年乃至二年目ニ成熟シ決シテ一定セズ、
一樹ニテモ年ニ依リ異ナル、 總苞ハ半球形ニシテ輪狀ノ層ヲナス苞ヨリ成
ル、果實ハ大形ニシテ橢圓形又ハ倒卵橢圓形。

全羅南道南岸ノ島嶼並ニ濟州島ニ生ズ。

分布、本島、四國、九州。

16. **Quercus acuta,** Thunb.

Fl. Jap. p. 175. Willd. Sp. Pl. IV. i. p. 429. Pers. Syn. Pl. II.
p. 567. Blume Mus. Bot. Lugd. Bat. I. p. 299. Miq. in Ann. Mus.
Bot. Lugd. Bat. I. p. 115. Fr. et Sav. Enum. Pl. Jap. I. p. 448.
DC. Prodr. XVI. 2. p. 91. Prantl in Nat. Pflanzenf. III. i. p. 56.
Schneid. Illus. Handb. Laubholzk. I. p. 210. fig. 108. *b.*

Q. Buergeri, Bl. l.c. DC. l.c.

Q. Kasaimok, Lévl. in litt.

Q. lævigata, Bl. l.c. DC. l.c. Miq. l.c. p. 118. Fran. et Sav. l.c.
p. 449.

Q. marginata, Bl. l.c. p. 304. DC. l.c. p. 106.

Q. pseudoglauca, Lévl. l.c.

Q. quelpærtensis, Lévl. l.c.

Arbor magna sempervirens, cortice lamelleo-fissa. Ramus et folia primo rufo-tomentosa sed mox glabrescentia. Ramus lenticellis albis punctulatus. Folia petiolis 1–3.5 cm. longis, laminis lanceolatis coriaceis caudato-attenuatis v. attenuatis, integris v. ad apicem crenatis v. minute acute serratis 8–13 cm. longis. Amenta mascula fusco-tomentosa pendula. Fructus biennis v. annuus in quoque pedunculo robusto 1–5. Cupula hemisphærica annularis sericea. Glans oblonga v. obovato-oblonga apice ciliolata, stylis persistentibus coronata.

Nom. Vern. Puck-Sari-nam.

Hab. in insula Quelpært et archipelago Coreano.

Distr. Japonia.

17. うらじろがし

チャンガシナム (濟州島)

(第 二 十 三 圖)

常緑ノ喬木、往々巨木トナル、皮ハ粗糙ニシテ不規則ニ板狀ニハグ、枝ハ最初毛アレドモ後無毛トナル、 葉ハ廣披針形ニシテ先端長ク尖リ半以上ニ鋭鋸齒アリ、葉ハ若キ時ハ裏面ニ絹毛アレドモ後脱落シ、臘質ヲ分泌シテ全然白色トナル、托葉ハ披針形又ハ狹披針形ニシテ早ク落ツ、雄花穗ハ褐毛生ジ下垂ス、總苞ハ半球形ニシテ輪狀ニ相重ナル苞ヨリ成リ、しらかし、あらかしヨリ毛著シ、果實ハ橢圓形ニシテ先端ニ微毛密生ス、通例二年ニテ成熟スレドモ往々一樹ニ一年ニテ成熟スルモノヲ混ズル事アリ。

濟州島ニ產ス。

分布、本島、四國、九州、臺灣。

17. **Quercus stenophylla,** (Bl.) Makino.

In Tokyo Bot. Mag. XXIV. p. 17.

Q. glauca v. stenophylla, Bl. Mus. Bot. Lugd. Bat. I. p. 303. Fran. et Sav. Enum. Pl. Jap. I. 448 in nota.

Q. longinux, Hayata Materials Fl. Form. p. 292.

Q. myrsinæfolia, Shirasawa Nippon-Shinrin-Jumoku-Dzufu Pl. XXXI. 13–24.

Q. pseudo-myrsinæfolia, Hayata l.c. p. 295.

Arbor magna, cortice aspera lamelleo sed irregulariter fissa.
Ramus primo pubescens demum glaber. Folia lanceolata v. ob-
lanceolata longe attenuata, supra viridia, subtus eximie glauca,
juvenilia subtus sericea, margine supra medium argute serrata,
venis primariis utrinque 7–11. Stipulæ lineari-lanceolatæ caducæ.
Amenta mascula pubescens pendula. Cupula hemisphærica annularis
sericea. Glans oblonga v. obovato-oblonga apice villosula.

Nom. Vern. Chang-gashi-nam.

Hab. in silvis Quelpært.

Distr. Nippon, Shikoku, Kiusiu et Formosa.

18. あ ら か し

チョンガシナム（濟州島）

（第 二 十 四 圖）

常綠ノ喬木、皮ハ凹凸少ナケレドモ疎糙ナリ、枝ニハ毛ナシ、葉柄ノ長サ
一乃至二珊半、葉身ハ廣披針形又ハ倒廣披針形、表面ハ光澤アリ、裏面ニハ
微毛生ジ多クハ臘質ヲ分泌シテ白味ヲ帶ブ、 邊緣ニハ中央以上ニ波狀ノ鋸
齒アリ、雄花穗ハ下垂シ、果實ハ一年ニテ成熟シ總苞ハ半球形、層狀ノ苞ヨ
リ成リ、徑六乃至九糎許、果實ハ卵形又ハ橢圓形。

濟州島南麓ノ樹林中ニ生ズ。

分布、本島、四國、九州、琉球、支那、ヒマラヤ。

18. Quercus glauca, Thunb.

Fl. Jap. p. 175. Willd. Sp. Pl. IV. i. p. 430. Pers. Syn. Pl. II.
p. 567. Bl. Mus. Bot. Lugd. Bat. I. p. 302. Miq. in Ann. Mus.
Bot. Lugd. Bat. I. p. 115. DC. Prodr. XVI. 2. p. 100. Fran. et
Sav. Enum. Pl. Jap. I. p. 448. Hook. fil. Fl. Brit. Ind. V. p. 604.
Fran. Pl. Dav. I. p. 276 et in Journ. Bot. (1899) p. 159. Skan in
Journ. Linn. Soc. XXVI. p. 515. Shirasawa Nippon Shinrin Ju-
moku Dzufu Pl. XXX. 13–24. Schneid. Illus. Handb. Laubholzk.
I. p. 211. fig. 108.

Q. annulata, Smith in Ree's Cyclop. XXIX. n. 22.

Q. dentosa, Lindl. in Wall. Cat. n. 2775.

Q. laxiflora, Lindl. in Wall. Cat. n. 2774.

Q. Phullata, Buch-Ham. in D. Don Prodr. Fl. Nep. ʀ. 57.

Arbor, cortice dura aspera. Ramus glaber. Folia biennia, petiolis 1–2.5 cm. longis basi incrassatis, laminis oblanceolatis v. lanceolatis supra lucidis, subtus adpressissime sparsissimeque pilosis, haud rarum glaucis, margine supra medium crenato-serratis, apice attenuatis, basi acutis. Fructus annuus. Cupula hemisphærica diametro 6–9 mm., annulari-imbricata. Nux ovata v. oblonga.

Nom. Vern. Chong-gashi-nam.

Hab. in silvis Quelpært austr.

Distr. Nippon, Shikoku, Kiusiu, Liukiu, China et Himalaya.

19. し ら か し

チャンガシナム（濟州島）

（第 二 十 五 圖）

常緑ノ喬木、往々巨木トナル。皮ハ粗糙ナリ、枝及ビ葉ハ始メ毛アレドモ成長スルニ從ヒ無毛トナル、葉ハ廣披針形ニシテ半以上ニ稍鋭鋸齒アリ、厚ク表面ハ光澤ニ富ミ裏面ハ通例臘質ヲ分泌シテ白味アリ、側脈ハ兩側ニ七乃至十一本許、葉ノ先端ハ長クトガル、雄花穗ハ褐毛生ジ下垂ス、果實ハ卵形又ハ橢圓形、長サ一珊二乃至一珊七許、一年ニテ成熟ス、總苞ハ半球形ニシテ輪狀ノ層ヨリ成リ絹毛生ズ。

濟州島南麓ノ樹林ニ生ズ。

分布、本島、四國、九州。

19. Quercus myrsinæfolia, Blume.

In Mus. Bot. Lugd. Bat. I. p. 305. Miq. in Ann. Mus. Bot. Lugd. Bot. I. p. 117. Fran. et. Sav. Enum. Pl. Jap. I. p. 449. DC. Prodr. XVI. 2. p. 107.

Q. glauca, Lévl. in litt. fide Taquet.

Q. Taquetii, Lévl. nov. hybrid in litt. fide Taquet.

Q. Vibrayana, Fran. et Sav. Enum. Pl. Jap. I. p. 449. II. (1879) p. 498. Schneid. Illus. Handb. Laubholzk. I. p. 211. Skan in Journ. Linn. Soc. XXVI. p. 522.

Arbor magna sempervirens, cortice aspera non fissa. Ramus et folia primo villosula et demum glabrescentia. Folia biennia late lanceolata v. oblongo-lanceolata, supra medium argute serrata, apice attenuata, basi acuta, petiolis 1–2 cm. longis, venis primariis utrinque 7–11, adulta supra lucida, subtus glaucina v. viridula. Amenta mascula rufo-pubescens pendula. Fructus annuus. Cupula hemisphærica annularis sericea. Glans ovato-oblonga v. oblonga 1.2–1.7 cm. longa.

Nom. Vern. Chang-gashi-nam.

Hab. in silvis Quelpært austr.

Distr. Nippon, Shikoku et Kiusiu.

(六) 朝鮮産殼斗科植物ノ和名、朝鮮名、學名の對稱

和　名	朝　鮮　名	學　名
イヌブナ	....	Fagus japonica, Maxim.
シナグリ	Nyag-bam-nam, Ham-nyong-bam-nam.	Castanea mollissima, Bl.
テウセングリ	Pan-nam, Kurugunbam-nam, Yang-jyu-bam-nam.	Castanea Bungeana, Bl.
ツブラジヒ	Memuru-chapan (濟州島)	Lithocarpus cuspidata, Nakai.
スダジヒ	Sepuru-chapan, Kusil-chapan (濟) Chabam-nam (莞島)	Lithocarpus Sieboldii, Nakai.
クヌギ	Chang-nam (京畿、全南)	Quercus acutissima, Carr.
アベマキ	....	Quercus serrata, Thunb.
モンゴリナラ	Tokkan-nam (平北) Kan-nam (全南) Chan-nam (平北、咸南北) Chorial (平北宣川)	Quercus mongolica, Fischer.
ハゴロモナラ	Cho-nam (濟)	Q. m. var. liaotungensis, Nakai.
マンシウミヅナラ	Chan-nam (平北、咸南、北)	Q. m. var. manshurica, Nakai.
コナラ	Soksori (全南)	Quercus glandulifera, Blume.
ナラガシハ	Tokkaran-ipp (全南)	Quercus aliena, Blume.
アチナラガシハ	....	Q. a. var. pellucida, Bl.
アカジクナラガシハ	....	Q. a. var. rubripes, Bl.
オホバコナラ	Chang-nam (平北)	Quercus major, Nakai.

和　　名	朝　　鮮　　名	學　　名
テリハコナラ	…………………………	Quercus donarium, Nakai.
テウセンコナラ	Chori-al（平北宣川）	Quercus Mc Cormickii, Carr.
コナラモドキ	…………………………	Q. M. var. koreana, Nakai.
カシハモドキ	…………………………	Quercus anguste-lepidota, Nakai. var. coreana, Nakai.
カシハ	Katung-nam（平北）Kallaru-nam, Karu-tan-nam（京畿）Kalutacnicnam（濟）Tokkal（平北宣川）	Quercus dentata, Thunb.
アヲガシハ	…………………………	Q. d. var. fallax, Nakai.
タチガシハ	…………………………	Q. d. var. erecto-squamosa, Nakai.
アカガシ	Puck-sari-nam（濟）	Quercus acuta, Thunb.
アラカシ	Chong-gashi-nam（濟）	Quercus glauca, Thunb.
シラカシ	Chang-gashi-nam（濟）	Quercus myrsinæfolia, Bl.
ウラジロガシ	Chang-gashi-nam（濟）	Quercus stenophylla,（Bl.）Makino.

(七)　朝　鮮　ノ　栗

(甲)　朝鮮ノ山野ニ本來自生スル栗ト楊州栗

　朝鮮ノ山野ニ本來自生スル栗ハ日本産ノ栗ニ酷似シ、北支那ニ産スル一種 Castanea Bungeana ト云フモノニ該當ス。

　樹齡百年ヲ超ヘ幹ハ目通徑三尺餘トナル、樹膚ハ暗灰色ヲ呈シ、硬ク、裂刻淺ク葉ハ枝ノ先端ノモノヲ除ク外ハ廣披針形ヲナシ裏面ニ毛ナシ、枝ノ先端ニアルモノ又ハ花、實ヲ附クル邊ノ葉ハ皆一樣ニ披針形ヲナシ、葉裏ニ白キ微毛密生シ、其毛ハ個々散在スルニ非ズシテ相依リテ白キ被ノ如クナル、鋸齒ハ一般ニ極メテ淺ク鋸齒ト云ハンヨリ寧ロ葉邊多少波狀ヲナシ波ノ先ニ細キ小突起アリト云フヲ可トス、若枝ニハ微毛生ズレドモ秋期トナレバ殆ンド皆脫落ス、左レドモ毛ノ多キ個體ニアリテハ秋期ト雖モ毛アルモノモアリ、苞ノ刺ハ長ク或ハ太長ク大凡長サ一寸許、多少微毛アリ。個體ニ依リ紅色ヲ呈スルモノモアリ、果實ハ通例中栗ノ大サニ達シ栗色ヲナセドモ個體ニヨリ黑色ノモノモアリ、附着面廣シ、先端ニ多少ノ毛アレドモ個體ニ依リ著シク一面ニ毛ヲ生ジ、成熟シテ灰色ヲ呈スルモノサヘアリ。

　澁皮ハ日本栗ニ比シテ離去シ易シ、果皮ヲ除ケバ種皮ノ澁皮ハ一部取ル

挿圖第一。 てうせんぐり Castanea Bungeana, Blume.

赤栗ノ大。平安南道中和、青龍園ノ栽培品。

挿圖第二。 てうせんぐり Castanea Bungeana, Blume.

赤栗ノ中、細葉品。平安南道順安ノ栽植品。

、カ又ハ全部子葉上ニ附着スレドモ更ニ之レヲ除ケバ多クモ數回ニテ完全ニ除去シ得、然レドモ個體ニヨリ澁皮ノ離レ惡シク殆ンド日本栗ノ如キ有樣ヲナスモノモアリ。

果實ハ一苞中ニ三個宛生ズルヲ常トスレドモ往々畸形トシテ二個又ハ四個トナルコトモアリ、完全ニ成熟スレバ其全部ガ果實トナレドモ通例二個又ハ三個宛成熟シ個體ニヨリテハ殆ンド全部ガ一個宛成熟スルモノアリ、苞ノ形ハ其本來ノ形狀ハ同樣ナレドモ內ニ成熟スル果實ノ數ニ應ジテ或ハ扁ク或ハ丸クナル。

胚ハ通例一果實ニ一個宛成熟スレドモ往々二個乃至三個宛成熟スルモノアリ、斯ル場合ニ二個ガ互ニ相並ビテ生ズルトキハ何等其附着點ニ疑ヲ存

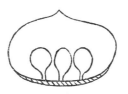

スル事ナケレドモ偏倚シテ生ズルトキハ往々其附着點ノ那邊ニアルカヲ推定スルニ苦シム、此圖ニ於テ胚ノ附着點ハ果皮ノ基部即ハチ果實ガ苞ニ附着スル方向ニアレドモ其營養ヲ何レヨリ受ケシカヲ怪シマシム、但シ其發育ノ順序ヲ知レバ決シテ怪シムニ足ラズ即ハチ左ノ如シ。

成熟セル子葉ノ味ハ甘味ニ富ミ日本栗中ノ優良品ニ該當ス。

咸北ノ殆ンド全部、咸南ノ長津郡、平北ノ殆ンド全部其他ノ高山地並ニ濟州島ヲ除ク外ハ全道ノ山野ニ自生ス、此等ハ村落ニ近キ森林ハ勿論、智異山、莞島等ノ始原林中ニアルモノモ皆同一種ニ屬ス、其地方々々ニ依リ土人ハ之レヲ民家附近ニ移植シ、或ハ增殖ス、其栽培ノ最モ盛ナルハ京畿道ニシテ楊州郡（白石面、柴芚面、和道面）、加平郡（北面、上面）水原部（正南面）始興部（安養）廣州郡（實村面、東部面）等ヲ最トシ何レモ數百本乃至數千、數萬本ヲ植ユ、開城附近並ニ平南大同郡柴足面等之レニ次グ、余ハ昨秋ノ視察中江西郡ヲ除ク外至ル所ニ此種ノ移植シアルヲ見シガ平南以北ニアリテハ特ニ此類ヲ大栗（クルグンバム）ト云ヒテ藥栗（ニヤグバム）ト區別ス、品種モ多ク、大凡次ノ如キモノアリ。

プルバム火栗（水原、加平、楊州等）刺ノ紅キモノ又ハ赤味ヲ帶ビタルモノ。

ビョンバム瓶栗（楊州）果實長味アルモノ。

コンバム豆栗（楊州）
バクバーム小豆栗（義州）} 果實小ニシテ咸從栗ノ中位ノモノニ匹敵ス

スルバム酒栗（龍仁）澁皮煉瓦色ヲナスモノ。

ウールバム早栗（一般ノ通稱）九月中旬ヨリ下旬迄ニ成熟ス。

ヌジンバム遲栗（同　　　上）十月上旬ヨリ中旬迄ニ成熟ス。

ソリバム霜栗　（同　　　上）十月中旬ヨリ下旬迄ニ成熟ス。

ウーグンバム御宮栗（水原）遲栗ノ一種ニシテ果實丹波栗大ノモノ。

トルバム毛栗（一般ノ通稱）} 果皮ノ表面ニ短毛密生シ成熟スルトキハ灰
チャイバム灰栗（加平）} 白色ヲ呈ス。

モックバム墨栗（加平）} 果皮紫黑色ノモノ。
チャディバム紫栗（龍岡）}

ツドヂバム髭栗（加平）果皮ハ半以上ニ密毛アリ、總苞ノ基部ニ突起アリ。

クルグンバム大栗（一般ノ通稱）中栗ノ稍大形ノモノ、早晚二種アリ。

ヲーヤルヂリバム　一總苞ニ一個宛成熟スル果實ヲ有ス、大小二種アリ。

　以上列記スル諸品種ハ皆個體的ノ差異ニシテ、之レヲ以テ眞ノ變種ト目スベカラズ、土民ハ審問者ノ鼻息ヲ窺ヒ時ニ應ジテ思ヒ出ヅル儘ヲ述べ、信ヲ置クニ足ルモノ少ナシ。

　一般ニ京城其他栗實ノ集中スル所ニアリテハ楊州栗ハ斯ノ如キモノ加平栗ハ彼ノ如シト斷定ヲ下スハ危險ナリ、如何トナレバ地方々々ニハ必ズ數種以上ノ品種ヲ産シ、其子實全部ヲ集メタル上其中ヨリ大粒ノモノノミヲ撰ビテ楊州栗、加平栗、廣州栗等ノ名ノ下ニ京城ニ出スヲ以テナリ。左レバ都會ニ集メラレタル栗ノ中ニハ早栗、晚栗、墨栗、灰栗、火栗等ガ雜然混淆シアレバナリ。其形狀モ一定セルモノアルニ非ズ。個體ニ依リ大小ヲ異ニシ又個體中枝ニヨリ又ハ附着スル所ニ依リテ大小形狀ヲ異ニス。瓶栗ノ如キモノヲ區別スルハ最モ不可ナリ。

　所生地ニ依リテ其成育ヲ異ニスルハ勿論ナレドモ、岩石地最モ惡シク、畑地附近、河畔等ハ最モ適地ナルガ如シ。はりえんじゅ（近來にせあかしはト新稱ス）ノ適地ハ勿論其レヨリモ一層範圍廣ク生育ス。

　發生後三年乃至五年ヨリ結實シ、樹齡二十年乃至四十年ヲ經ル間最モ收穫多ク、樹齡三十年、目通徑一尺五寸許ニテ枝ノ擴大セルモノハ、收穫多キ年ニハ一年ニ三斗乃至四斗ヲ收メ得。五十年以後ハ末稍又ハ中幹ヨリ枯レ始メ、漸次衰微スルヲ常トス。特ニ百年ヲ超ユルモノハ何レモ幹ハ中空トナリ、結實數ハ著シク減少シ、且ツやどりぎノ寄生ヲ受ケ、殊更生育上ニ支障ヲナス。

　楊州産ノモノハ以上ノ諸品種中ニアリテ最モ價貴シ。何地ニ限ラズ本種

挿圖第三 ゝてうせんぐり Castanea Bungeana, Bl.

墨栗ノ大。平安南道中和、青龍園栽培。

挿圖第四。ゝてうせんぐり Castanea Bungeana, Bl.

薄黑色、中栗ノ大。平安南道中和、青龍園栽培。

挿圖第五。てうせんぐり Castanea Bungeana, Bl.
赤栗ノ大。平安南道中和、青龍園栽培。

挿圖第六。てうせんぐり Castanea Bungeana, Bl.
毛栗ノ最大品。平安南道中和、青龍園栽培。

挿圖第七。てうせんぐり Castanea Bungeana, Bl.
遲栗ノ大。平安南道中和、靑龍園栽培。

ヲ收穫セバ土民ハ先ヅ其中ヨリ大形ノモノヲ撰出シ、之レヲ京城ニ出ス。一石ノ價十圓（楊州栗）又ハ七八圓（加平栗、廣州栗）位ナリ。殘餘ノモノハ自家用トシ、燒キ煮又ハ生食ス。廣州郡ニテハ飯ニ焚キテ食ス。

産額多キ地方例ヘバ楊州郡白石面、始興郡安養、水原郡正南面ノ如キハ二千乃至三千本ノ成木アリ。而シテ一本一年平均一升（最小限ヲ見積ル）ヲ得ルト見テ尙ホ二百石乃至三百石ノ産アリ。而シテ一石十圓ナル故二千圓乃至三千圓ノ收益アリ。土民ノ言ニ依レバ平均一年二百石乃至二百五十石ヲ出シ殘餘ヲ自家用トス。若シ一面ニ三千本ノ楊州栗ノ成木ヲ有スルトセバ自家用ヲモ合スレバ一年間優ニ三千圓乃至三千五百圓ノ利益ヲ擧ゲ得ベシ。楊州栗ハ瘦地ニモヨク成育シ、現ニ楊州郡柴芚面ノ如キハ花崗岩ノ崩壞シテ成レル白砂ニテ成ル河床ニ植エテ大木トナリ、朝鮮五葉松ト相待ツテ

此地方樞要ノ造林樹木ヲナセリ。 特ニ栗ノ需要ハ殆ンド無盡藏ナル上ニ朝鮮ニテ澀皮ノ剝ゲ難シト稱スル楊州栗、 加平栗ノ如キモ內地產栗ニ比スレバ遙カニ剝ゲ易ク、之レヲ內地產栗ノ品種ニ比較スレバ其「澀皮知らず」ノ部ニ加ハル。 此等ノ點ヨリ楊州栗ノ栽培ハ今後盆々獎勵スベキ產業ノ一ナルベシ。 茲ニ京畿道土民ノ習慣トシテ子實成熟スル頃槌ヲ以テ幹ヲ打チ子實ヲ落シテ之レヲ聚ム。此法ハ一時ニ子實ヲ集ムル上ニハ便ナレドモ、栗ノ材ヲ得ル點ヨリスレバ決シテ獎勵スベキ事ニ非ズ。 槌ニテ打タレシ部ハ皮剝落シ材幹ハ其點ヨリ不用部ヲ生ズ。 栗ノ材ガ鐵道枕木トシテ最モ良好ナルハ人ノ知ル所ナリ。 シカモ斯ノ如クシテ子實ヲ集メシ樹ハ枕木トシテハ打タレザル他ノ一半ヲ用ヰ得ルニスギズ。土民ハ此法ヲ「くぬき」ニモ試ミ、是亦大ニ其材幹ヲ傷ケツヽアリ。 斯ノ如キハ其地方全體トシテ大ナル損害ニシテ、輕々ニ觀過スベキニ非ザレドモ、習慣ノ久シキ容易ニ改メ難キガ如シ。

（乙）　支那ヨリ輸入セシ栗、即ハチ藥栗又ハ咸從栗

挿圖第八。　しなぐり Castanea mollissima, Bl.

　　藥栗ト云フ。　平安南道、中和、靑龍園栽培。

「ニャグバム藥栗」、「ハムニョンバム咸從栗」ト呼ビ、近來內地人ニ依リ平壤栗ノ名ヲ得タリ。又安州ノ在ニテハ「チュンバム僧栗」ト稱ス。支那中原原產ノ栗ノ一種ニシテ學名ヲ Castanea mollissima, Bl. ト云フ。朝鮮ニハモトヨリ自生ナシ。

輸入ノ歷史ハ古ク、古史ノ徵スベキモノナケレドモ、少クモ高麗朝時代ニアリシモノ、如シ。如何トナレバ此種ノ栽培シアルハ、舊高麗ノ首府タリシ平壤ヲ中心トスル地方ナレバナリ。而シテ江西、咸從、龍岡、成川、順安等其四周ノ地ニハアレドモ宣川、義州等ノ如キ北部ニナキ所ヨリ察スルニ、本種ハ山東地方ヨリ海上貿易ニテ咸從方面ニ入リ、其レヨリ廣マリシモノ、如シ。尙ホ此栗ヲ咸從栗ト稱スルハ、咸從地方ニ夥シク栽植シアルノミニ非ルガ如シ。如何トナレバ成川、江東地方ノ如キ敢テ咸從ニ劣ル事ナケレバナリ。然ラバ其起源卽チ第一ノ出發點タリシ咸從ヲ冠シテ咸從栗ト呼ビシコトモ强チ一片ノ想像トノミ視ルヲ得ザルベシ。今此等ノ想像ヨリシテ此栗ノ輸入分布ノ順路ヲ示セバ大凡下圖ノ如シ。

樹齡ハ百年ニ達シ目通徑二尺ニ達ス、樹膚堅ク暗灰色ヲナシ裂刻深シ同大ノ樹ヲ比較スルニ楊州栗ノ二倍以上ノ深サアリ、(挿圖第九參照)、若枝ニハ毛多キヲ常トシ特ニ稚樹又ハ側方ヨリ生ズル生育ヲキ若枝ニハ一分許ノ毛散生スルヲ常トス、葉ハ廣披針形ヲナシ葉裏ニハ楊州栗ヨリ一層毛アリ、表面ハ深綠色ヲ呈スルヲ常トシ瘦地ニ生ズルモノハ黃綠色ヲナスアリ、特ニ肥沃地ニ生ズルモノハ楊州栗

系ノモノト併立スルトキハ直チニ葉色ノ濃キ爲メ區別シ得、若シ又葉色ニテ區別シ難キ時ハ葉幅廣キト鋸齒著シキトニテ明カニ夫レト認メ得、鋸齒ハ著シク純然タル鋸齒ノ形ヲナス、苞ノ針ハ長キモ楊州栗ヨリ短カク通例長サ五分許ナリ、果實ノ大サハ內地產ノ柴栗又ハ中栗ニ匹敵シ、毛ハ多少ノ別アリテ中ニハ純然タル毛栗トナルモノモアリ、一般ニ果皮ハ黑ズムヲ常トス、果實ノ附着點ハ楊州栗ニ比シ狹ク、澁皮ハ一層剝ゲ易シ、之レ種皮稍厚ク强靭ナル爲ナリ、楊州栗ハ薄キ膜狀ナル上ニ毛(澁)多キ爲メ切レ易ク從ヒテ剝ギ難キナリ、胚ハ固ク楊州栗ノ中ニアリテハ墨栗ニ匹敵ス。

江西郡內一體ニ栽培シ、特ニ水山面ニ最モ多ク咸從面之レニ亞グ。此兩面

挿圖第九。しなぐり Castanea mollissima, Bl. ノ樹膚。
樹齡約三十年、てうせんぐり、日本栗等ニ比シ遙カニ樹膚ノ缺刻深シ。
平安南道成川郡通仙面百原里ノ栽植品。

ハ何レモ今ハ江西郡ニ併合セラレシモ、舊咸從郡ニ屬セシモノニシテ、咸從
栗ノ名ノ起源ハ之レニ因ル。

咸從栗ハ味良好ナル故藥栗ト稱シテ鮮人ノ栽植スルモノ多シ。内地人ガ
之レヲ見出シ、新ニ平壤栗ノ名ノ下ニ發賣スルニ及ビ、頓ニ其名聲ヲ高メタ
リ。抑モ藥ナル語ハ鮮人間ニアリテハ優良ノ意味ニ用キラレ、美祿ヲ藥酒ト
云ヒ、清冷掬スベキ泉ヲ藥水ト云フニ同ジク、藥栗モ亦優良美味ノ栗ナルヲ
意味シ、何等藥効アルニ非ズ。

藥栗ノ産地中著名ナルハ、モトヨリ平南江西郡水山面ニ及ブモノナシ。其
邊ニ栽植シアル栗林ハ國有林ニシテ、土民ハ組合ヲ組織シ、稅金ヲ納メテ其
子實ヲ拾集ス。年ニ約五十石ノ産シ、咸從面之レニ亞ギ、年ニ約三十石ヲ産
ス。何レモ一石ノ價十圓以上ニテ仲買ノ手ニ移ル。之レヲ京城ニ出セバ一

挿圖第十一。 平安南道江西郡水山面ノ藥栗。 肥沃地ニ生ゼルモノ。

挿圖第十二。 平安南道江西郡咸從面ノ藥栗。 瘦地ニ生ゼルモノ。

石ノ價五十圓以上トナル。

多額ニ産スル點ニ於テハ平南、成川郡勿兒視（ムアシ）附近ヲ最トシ、大凡年六七十石ヲ産ス。但シ價格ハ咸從面、水山面ノモノニ劣リ、一石九圓ヲ出ヅル事稀ナリ。是レ此地ニ産スルモノハ稍大粒ナル故、平壤栗ハ小ナルモノトシテ知ラレシ今日、其販路狹キヲ以テナリ。

江東郡元灘面モ亦藥栗ノ産地トシテ推スベキ所ナレドモ、未ダ多ク人ニ知ラレズ。

挿圖第十三。　平南道順安ノ栗林。
a.　　ハ藥栗 Castanea mollissima, Bl.
b　　ハ大栗 Castanea Bungeana, Bl.

咸從栗即チ平壤栗ハ、モト子實ノ大サ楊州栗ニ劣レドモ、決シテ小ト限ラレシニ非ズ。優ニ其中位ノモノニ達スルモノアリ。然レドモ既ニ平壤栗ハ小形ナリト知ラレシ今日、可成其小形ノモノヲ取揃ヘテ發賣スル方利アリ。又形小ナルモノハ一般ニ美味ナル事、恰モ内地産柴栗ガ中栗、大栗ニ優ルト

一般ナリ。故ニ此點ヨリスルモ 平壤栗ノ眞價ヲ發揮スル上ニ容易ナル利アリ。左レドモ咸從其他ニ栽植スル藥栗ニハ、現ニ幾多ノ品種アリテ、或ハ形大ニ或ハ毛多ク或ハ澁皮剝ゲ易ク又ハ稍難ク、同一株ヨリ分レシモノモ種々ニ變化ス。故ニ此等ヲ一々集メテ其優良品ヲ究ムルハ、栗ノ品種改良上須要ノ事ナリ。

中和ニ靑龍園ナルモノアリ。三百餘年前鮮人金某ノ開キシ所ニシテ、朝鮮果樹ヲ集メテ栽培ス。今ハ公醫太田勤氏ノ所有ナリ。多クノ栗ヲ植ヱ、氏ハ子實ノ形狀、色澤、大小ニ依リ約二十五品種ヲ區別ス。之レヲ植物學上ノ種類トセバ藥栗、大栗以外ニ何物モアルニ非ズ。

挿圖第十四。しなぐり Castanea mollissima, Bl.

丸栗。

平南道中和、靑龍園ノ栽培品。

挿圖第十五。　しなぐり　Castanea mollissima, Bl.

小形ノ品。　平安南道中和、青龍園ノ栽培品。

挿圖第十六。　しなぐり　Castanea mollissima, Bl.

藥栗中ノ優良品。　平安南道中和、青龍園ノ栽培品。

挿圖第十七。　しなぐり　Castanea mollissima, Bl.

小栗ノ葉。　平安南道中和、青龍閣ノ栽培品。

挿圖第十八。　しなぐり　Castanea mollissima, Bl.

僧栗。　平安南道安州ノ栽植品。

挿圖第十九。　中和栗。

藥栗ノ一種ニシテ平安南道中和、青龍園ニテ栽培スルモノヽ中最優等品ナリ。

　其中氏ノ最モ誇トスル中和栗（齋藤前山林課長ノ所命ナリト云フ）ハ藥栗ノ一種ニシテ早生種ナリ。　年々多量ノ子實ヲ結ビ、味良ク、澁皮剝ゲ易ク、藥栗系ノモノヽ中最優等ノ品種ナリ。同園ニテ別ツ平壞栗、藥栗等ハ單ニ其所ニ於テ　一本宛ニ比較スルトキニ區別シ得ルコトニテ、此流ヲ最モ多數ニ栽培スル江西郡等ニ持シ來レバ、數百ノ木ヲ一々區別セザルベカラザルコト、恰モ人々各個ニ一々命名シテ何ノ誰ト云フニ異ナラズ。

　然レドモ飜テ之レヲ見ルニ其個體的差異アルモノヲ二十餘品種モ　聚集セシ爲メ、其中ヨリ中和栗ノ如キ優良品種ヲ見出シ得シニテ、咸從其他ノ如キハ唯雜然ト植　附ケ且探實ニ際シテ品種ノ良否ヲ區別スルコトナク聚ムルヲ以テ、其中ヨリ良種不良種ヲ區別スルコトハ難シ。大凡栽培植物ノ改良ハ皆多數ノ個體ヨリ優良ノモノヲ撰ビ、之レヲ播キ、其レヨリ更ニ優良ノモノヲ

撰ビ逐次斯ノ如クシテ望ム性質ノモノヲ得ルコトニ依リテナシ得。中和栗ノ如キハ金某ガ偶然 聚集セシ中ヨリ見出セル一品種ナレバ、更ニ進ンデ之ヲ播キ其中ヨリ更ニ優良種ヲ撰ビ、逐年斯ノ如クシテ進メバ澁皮剥ゲ易ク、果實大ニ、味良ク收穫多キ優良種ヲ得ルコト難キニ非ズ。當局ニ於テ指導的ニ之レヲ民間ニ行ハシムレバ効果一層大ナルモノアルベシ。

大凡日本全版圖中朝鮮ノ藥栗ノ如キ優良ノモノナク、其中又中和栗ノ如キ優良種ハ少ナシ。内地人ガ栗ヲ賞美スルハ一般ノコトナレドモ、内地産ノ栗ハ澁皮ヲ除去スルニ大ナル困難アリ。然ルニ茲ニ我版圖内ニ藥栗ノ如キ良種アルヲ以テ、今後ハ此種ヲ廣ク日本ニ 栽植スルハ最モ有利ナルコトヽ思ハル。

茲ニ更ニ一言シタキハ朝鮮ニ内地ノ栗ヲ移植スルコトノ不可ナルコトナリ。既ニ加平栗、廣州栗ノ如キサヘ、澁皮ノ剥ゲ方惡シキ理由ノ下ニ、價格ハ楊州栗ニ劣ル。然ルヲ其レヨリ更ニ澁皮ノ除去シ難ク味モ劣ル内地ノ栗ヲ朝鮮ニ移植スルノ利、那邊ニ存スルカ。斯ノ如キハ單ニ試驗的ニ試ムルハ可ナレドモ、造林又ハ 探實ノ目的ノ爲メニハ決シテ移植スベキモノニ非ザルコトヲ主張ス。凡テノ材料物質ノ大部分ヲ内地ヨリ仰グ今日、地方人ノ特ニ反省ヲ望ム所ナリ。

又朝鮮ノ優良種ヲ内地ニ移植スレバ内地ノ栗ト同樣ニ變化スト云フモノアリ。之レハ其種植者ガ左ノ事項ノ注意ヲ怠リシ結果ナルベシ。

1. 本場咸從ニモ藥栗以外ニ類似品混生セリ。
2. 市場ニ出ヅル本場ノ平壤栗（咸從栗）ト云フモノヽ中ニハ江西郡（水山面、咸從面）以外ニ龍岡郡、大同郡、江東郡、成川郡等ヨリ産スル類似品中小形ノモノヲ集メテ混ズ、其ヲ大別スレバ左ノ三種トナル。
   a. 藥栗ノ中、形小ナルモノ。
   b. 藥栗ト大栗トノ間種ト見ユル品ノ小ナルモノ。
   c. 大栗性ノモノヽ小形ノモノ。
3. 以上ノ中 a 又ハ其所生地ニアル a ノ大形ノモノヲ撰ビテ繁殖セシムレバ、假令内地ニ移植スルモ變化スベキモノニ非ズ。如何トナレバ藥栗ハ一ノ固定セル種ニシテ、容易ク變化スベキ品種ニ非レバナリ。

（丙）日 本 栗

既記ノ如ク日本栗ヲ朝鮮ニ移入スルコトハ好マシキコトニ非レドモ、尚ホ近來一層其度ヲ增シツヽアリ。抑モ日本栗ノ移入ハ往古ヨリシ、既ニ西暦千二百七十年頃 ニ於テセシコトハ高麗史卷ノ二十八ニアリ。即ハチ左ノ如シ。

忠烈王二年丙子十月遣譯者如元、献日本栗、初趙良弻得日本栗種于義安縣至是結實……

義安府ハ慶尙南道昌厚郡即ハチ舊馬山府ナリ。余ハ濟州島ニ於テ既ニ日本栗ノ移植シアリシヲ見シガ、之レニ依テ見レバ南方日本ニ接近セル地ニハ、往古ヨリ屢々日本栗ノ移植ガ行ハレシモノナルベシ。

濟州島ニハ自生ノ栗アルヲ見ズ。同地ニ九年ノ久シキ居住セシ佛國宣教師 Taquet 氏ハ、毎年幾回トナク山野ヲ跋涉シテ植物ヲ採取スレドモ、未ダ栗ノ自生ヲ見シコトナシ。大凡同地ニハモトヨリ栗ノ自生ナカリシモノナルベシ。然ルニ東國輿地勝覽三十八ニ次ノ記事アリ。

栗、有赤栗、加時栗、數種……

其赤栗ト云フハ日本種ガ皮赤昧アル點ニ符合シ、加時栗ハ「カチ栗」ニ當ルモノヽ如ク、此等ハ既ニ其當時ニ日本ヨリ栗ガ移入サレ、而シテ濟州島ノ土産トシテ知ラレシニ非ルヤヲ思ハシム。

第 壹 圖

い ぬ ぶ な

Fagus japonica, Maxim.

a. 葉ヲ附ケタル枝（秋期ノ採收）.

b. 同上ノ葉（大形ノモノ）.

hi. M. del.

K. Nakazawa. sculp.

第　貳　圖

しなぐり．（藥栗．僧栗．咸從栗）

Castanea mollissima, Blume.

平壤栗トシテ日本商人ノ販賣スルモノハ本種ヲ主トス．

rauchi. M.del.

K. Nakazawa. sculp.

第 參 圖

中和栗 (しなぐりノ一品種)

Castanea mollissima, Blume.

f. hort.　dulcissima, Nakai.

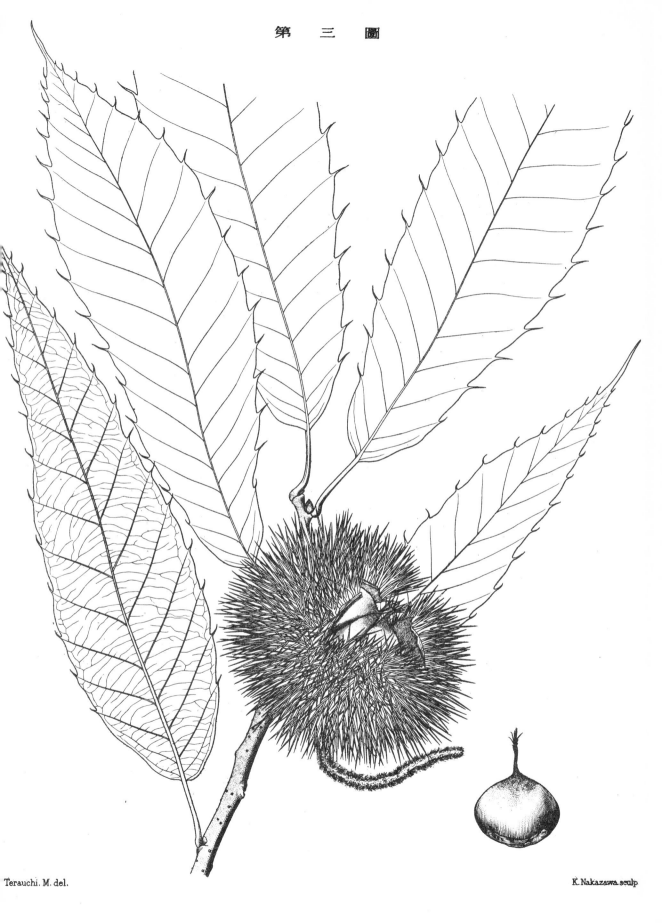

Terauchi. M. del.

K. Nakazawa. sculp.

第 四 圖

てうせんぐり.（自生品）

Castanea Bungeana, Blume.

a.　花ヲ附クル枝（莞島觀音山ニテ採收）.
b.　未熟ノ果實ヲ附クル枝（智異山ニテ採收）.

i. M. del.

K. Nakazawa. sculp.

第　五　圖

てうせんぐり（自生品）.

Castanea Bungeana, Blume.

京畿道水原麗岐山麓ニテ採收.
果實ハ成熟ニ近シ.

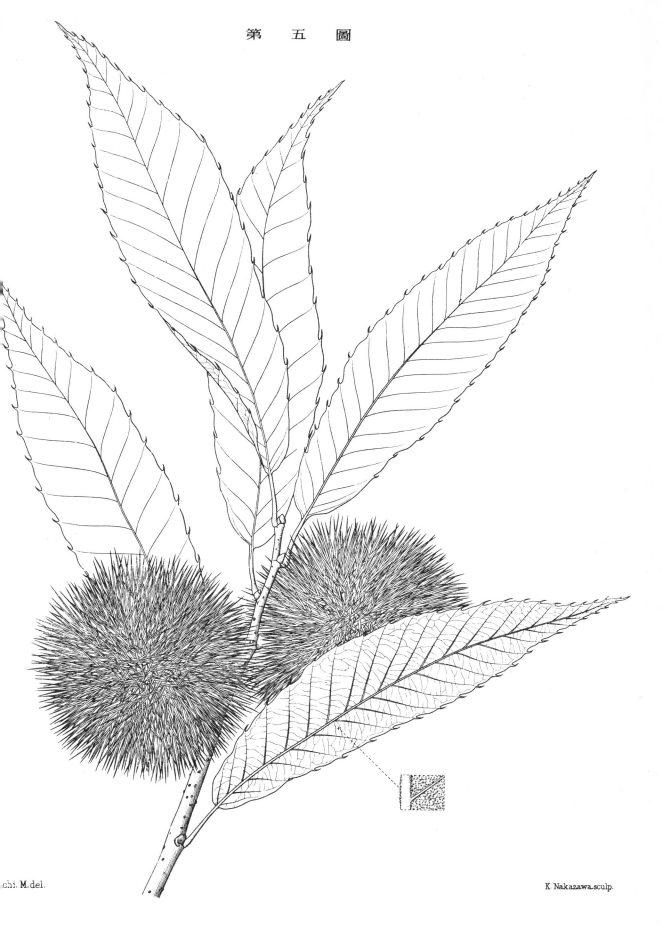

chi. M. del.

K. Nakazawa. sculp.

第　六　圖

毛栗ノ大. (てうせんぐりノ一品種)
Castanea Bungeana, Blume.
(forma Chai-bam).

京畿道水原. 加平. 龍仁. 平安南道中和等ニテ見ル.

hi.M.del.

第 七 圖

a. 藥栗ノ果實
Fructus Castaneæ mollissimæ.

b. 大栗ノ果實
Fructus Castaneæ Bungeanæ.

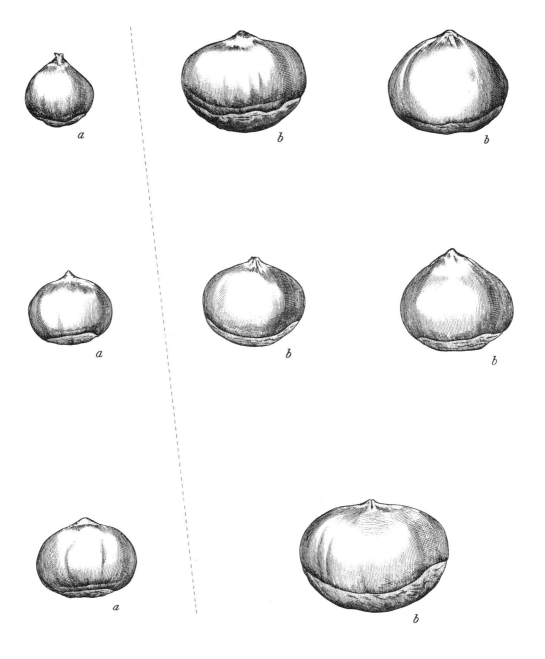

第　九　圖

く　ぬ　ぎ

Quercus acutissima, Carruther.

第 九 圖

Terauchi M. del.

K.Nakazawa.

第　拾　圖

あべまき

Quercus serrata, Thunberg.

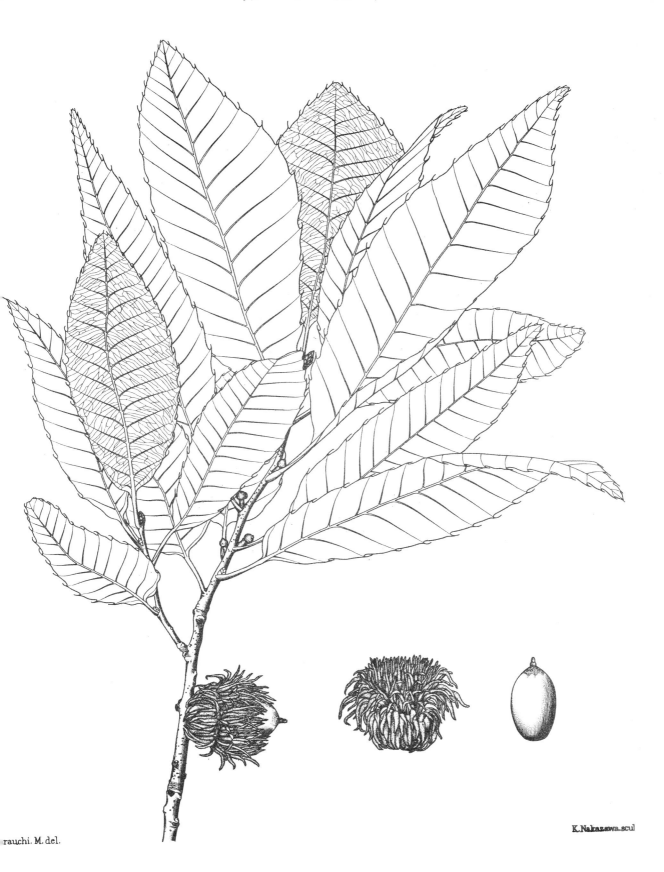

K.Nakazawa.scul

第 拾 壹 圖

は ご ろ も な ら ノ 一 種

Quercus mongolica, Fischer.

β. liaotungensis, Nakai.

f. 2. funebris, Nakai.

第 拾 貳 圖

まんしうみづなら

Quercus mongolica, Fischer.

γ. manshurica, Nakai.

del.

K. Nakazawa sculp.

第 拾 參 圖

こ　な　ら

Quercus glandulifera, Blume.

.del.

K.Nakazawa.sculp.

第 拾 四 圖

ならがしは

Quercus aliena, Blume.

果實ノ排列シアルハ個體又ハ枝ニ依リ其形狀ヲ
異ニスルヲ以テナリ

el.Nakai.T et Terauchi.M.

K.Nakazawa.sculp.

第 拾 五 圖

おほばこなら

Quercus major, Nakai.

hi. M. del.

第 拾 六 圖

てりはこなら

Quercus donarium, Nakai.

第 拾 七 圖

てうせんこなら

Quercus Mc Cormickii, Carr.

chi. M. del.

第 拾 八 圖

こならもどき

Quercus Mc Cormickii, Carr.
var. koreana, Nakai.

第 拾 九 圖

かしはもどき

Quercus anguste-lepidota, Nakai.

var. coreana, Nakai.

Terauchi. M. del.

K. Nakazawa. sculp.

第 貳 拾 圖

か　し　は

Quercus dentata, Thunb.

第 貳 拾 壹 圖

たちがしは

Quercus dentata, Thunb.
var. erecto-squamosa, Nakai.

Terauchi. M. del.

K. Nakazawa. sculp.

第 貳 拾 貳 圖

あ か が し

Quercus acuta, Thunb.

chi. M. del.

K.Nakazawa.sculp.

i. M. del.

K. Nakazawa. sculp.

第 貳 拾 四 圖

あ ら か し

Quercus glauca, Thunb.

第 貳 拾 五 圖

し ら か し

Quercus myrsinæfolia, Blume.

i. M. del.

K. Nakazawa. sc.

索 引

INDEX

第 1 巻

1 ～ 3 輯

INDEX TO LATIN NAMES

Latin names for the plants described in the text are shown in Roman type. Italic type letter is used to indicate synonyms. Roman type number shows the pages of the text and italic type number shows the numbers of figure plates.

In general, names are written as in the text, in some cases however, names are rewritten in accordance with the International Code of Plant Nomenclature (i.e., Pasania cuspidata β. Sieboldii → P. cuspidata var. sieboldii). Specific epithets are all written in small letters.

As for family names (which appear in CAP-ITALS), standard or customary names are added for some families, for example, Vitaceae for Sarmen-taceae, Theaceae for Ternstroemiaceae, Scrophularia-ceae for Rhinanthaceae etc.

和名索引　凡例

　本文中の「各科の分類」の項に記載・解説されている植物の種名（亜種・変種を含む），属名，科名を，別名を含めて収録した。また図版の番号はイタリック数字で示してある。

　原文では植物名は旧かなであるが，この索引では原文によるほかに新かな表示の名を加えて利用者の便をはかった。また科名については各巻でその科の記述の最初を示すとともに，「分類」の項で各科の一般的解説をしているページも併せて示している。原文では科名はほとんどが漢名で書かれているが，この索引では標準科名の新かな表示とし，若干の科については慣用の別名でも引けるようにしてある。

朝鮮名索引　凡例

　本文中の「各科の分類」の項で和名に併記されている朝鮮語名を，その図版の番号（イタリック数字）とともに収録した。若干の巻では朝鮮語名が解説中に併記されず，別表で和名，学名と対照されている。これらについてはその対照表のページを示すとともに，それぞれに該当する植物の記述ページを（　）内に示して便をはかった。朝鮮名の表示は巻によって片かな書きとローマ字書きがあるが，この索引では新カナ書きに統一した。

조선삼림식물편

지은이: 편집부
발행인: 윤영수
발행처: 한국학자료원
서울시 구로구 개봉본동 170-30
전화: 02-3159-8050 팩스: 02-3159-8051
문의: 010-4799-9729
등록번호: 제312-1999-074호
ISBN: 979-11-6887-146-5

전 10 권 정가 750,000원